O AMERICANO TRANQUILO

O AMERICANO TRANQUILO

GRAHAM GREENE
O AMERICANO TRANQUILO

tradução Cássio de Arantes Leite

The Quiet American © Graham Greene, 1955
Copyright da tradução © 2016 by Editora Globo S.A.

Todos os direitos reservados. Nenhuma parte desta edição pode ser utilizada ou reproduzida — em qualquer meio ou forma, seja mecânico ou eletrônico, fotocópia, gravação etc. — nem apropriada ou estocada em sistema de banco de dados sem a expressa autorização da editora.

Texto fixado conforme as regras do Acordo Ortográfico da Língua Portuguesa (Decreto Legislativo nº 54, de 1995).

Editor responsável: Estevão Azevedo
Editor assistente: Juliana de Araujo Rodrigues
Preparação: Raquel Toledo
Diagramação: Gisele Baptista de Oliveira
Capa: Thiago Lacaz

Título original: *The Quiet American*

CIP-BRASIL. CATALOGAÇÃO NA PUBLICAÇÃO
SINDICATO NACIONAL DOS EDITORES DE LIVROS, RJ

G83a

Greene, Graham, 1904-1991
O americano tranquilo / Graham Greene ; tradução Cássio de Arantes Leite. - [2. ed.] - São Paulo : Biblioteca Azul, 2016.
240 p. : il. ; 21 cm

Tradução de: The quiet american
ISBN 978-85-250-5918-5

1. Romance inglês. I. Leite, Cássio de Arantes. II. Título.

16-31031

CDD: 823
CDU: 821.111-3

1ª edição, 2007
2ª edição, 2016

Direitos exclusivos de edição em língua portuguesa para o Brasil adquiridos por Editora Globo S.A.
Av. Nove de Julho, 5229
São Paulo — SP — 01407-200 — Brasil
www.globolivros.com.br

Caros René e Phuong,

PEDI PERMISSÃO PARA LHES DEDICAR ESTE LIVRO não somente como uma lembrança dos felizes momentos que passei com vocês em Saigon ao longo dos últimos cinco anos, mas também porque não tive o menor pudor em tomar emprestada a localização do apartamento de vocês para abrigar um de meus personagens, bem como seu nome, Phuong, para a conveniência dos leitores, pois é simples, bonito e fácil de pronunciar, coisa que não se pode dizer dos nomes de suas conterrâneas. Ambos perceberão que tomei emprestadas também outras coisas, mas certamente não a pessoa de ninguém no Vietnã. Pyle, Granger, Fowler, Vigot, Joe — estes não conheceram originais na vida de Saigon ou Hanói, e o general Thé morreu: com um tiro nas costas, assim dizem. Mesmo os eventos históricos foram, pelo menos em uma ocasião, reordenados. Por exemplo, a grande bomba perto do Continental aconteceu antes, e não depois, das bicicletas explosivas. Não tenho escrúpulos acerca dessas mudanças menores. Isto é uma obra de ficção, não de história, e espero que por obra de ficção sobre uns poucos personagens imaginários vocês a tomem nalgum quente entardecer de Saigon.

Afetuosamente,
GRAHAM GREENE

*Não gosto de me emocionar: pois a vontade se agita; e a ação
é coisa das mais perigosas; estremeço ante algo factício,
alguma prática escusa do coração, algum processo ilegítimo;
somos tão inclinados por tais coisas, com nossas terríveis noções de dever.*

A. H. CLOUGH

*Eis a era patente das novas invenções
para matar os corpos e salvar as almas,
tudo disseminado com a melhor das intenções.*

BYRON

PRIMEIRA PARTE

CAPÍTULO 1

Após o jantar, sentei-me e aguardei Pyle em meu apartamento na rue Catinat; ele tinha dito, "Vou encontrá-lo no máximo às dez", e quando deu meia-noite não aguentei mais e desci para a rua. Um bando de velhas em calças pretas acocoravam-se no patamar: era fevereiro e presumo que estivesse quente demais para ficarem na cama. Um condutor de riquixá pedalava vagarosamente ao longo do rio e dava para ver o clarão das lâmpadas no local onde os novos aviões americanos haviam sido desembarcados. Nem sinal de Pyle em parte alguma da comprida rua.

Claro, disse comigo mesmo, pode acontecer de ter ficado preso por alguma razão na Legação Americana, mas sem dúvida, nesse caso, teria telefonado para o restaurante — era extremamente zeloso das pequenas cortesias. Virei-me para entrar quando notei uma garota esperando na porta ao lado. Não dava para ver seu rosto, apenas as calças brancas de seda e a longa túnica florida, mas eu a reconheci assim mesmo. Ela me aguardara inúmeras vezes ao voltar para casa, exatamente nessa mesma hora e local.

"Phuong", eu disse — o que significa fênix, mas hoje em dia nada é fabuloso, nem se ergue das cinzas. Soube, antes que tivesse tempo de me dizer, que também ela estava à espera de Pyle. "Ele não está aqui."

"Je sais. Je t'ai vu seul à la fenêtre."

"Porque não espera lá em cima?", eu disse. "Ele vai chegar logo."

"Posso esperar aqui."

"Melhor não. A polícia pode prendê-la."

Ela me acompanhou pela escada. Pensei em diversos gracejos irônicos e desagradáveis para fazer, mas nem seu inglês, nem seu francês teriam sido bons o suficiente para que compreendesse a ironia e, é estranho dizer, não tinha o menor desejo de magoá-la, ou mesmo de me magoar. Quando chegamos ao patamar, todas as velhas viraram a cabeça de uma vez e, assim que passamos, suas vozes se ergueram, como se cantassem juntas.

"Sobre o que estão falando?"

"Acham que voltei para casa."

Em meu quarto, a árvore que eu montara semanas antes, para o Ano Novo chinês, perdera a maior parte de suas flores amarelas. Haviam caído entre as teclas de minha máquina de escrever. Apanhei-as. "Tu es troublé", disse Phuong.

"Não é bem dele. É um homem muito pontual."

Tirei a gravata e os sapatos e deitei na cama. Phuong acendeu o fogão a gás e pôs-se a aquecer a água para o chá. Podia ter sido seis meses antes. "Ele diz que agora você vai partir em breve", disse.

"Talvez."

"Ele gosta muito de você."

"Agradeça a ele por isso", eu disse.

Percebi que arrumava o cabelo de um jeito diferente, deixando-o pender negro e reto sobre os ombros. Lembrei que Pyle certa vez criticara o elaborado penteado que ela acreditava convir à filha de um mandarim. Fechei os olhos e ela era outra vez quem costumava ser: o chiado de vapor, o tilintar de uma xícara, uma certa hora da noite, a promessa de descanso.

"Ele não vai demorar", ela disse, como se eu precisasse ser confortado por sua ausência.

Imaginei sobre o que conversavam quando estavam juntos. Pyle era muito sério e eu sofrera com suas conferências sobre o Extremo Oriente, que ele conhecera por tantos meses quanto eu conhecera por anos. Democracia era outro de seus temas — tinha opiniões firmes e inflamadas acerca do que os Estados Unidos faziam pelo mundo. Phuong, por outro lado, era maravilhosamente ignorante; se Hitler entrava na conversa ela interrompia para perguntar quem era. A explicação era tanto mais difícil pelo fato de jamais ter visto um alemão ou polonês e possuir apenas o mais vago conhecimento da geografia europeia, embora sobre a princesa Margaret, é claro, soubesse mais do que eu. Ouvi quando pousou uma bandeja aos pés da cama.

"Ele continua apaixonado por você, Phuong?"

Levar uma anamita para a cama é como pegar um pássaro: elas gorjeiam e cantam em seu travesseiro. Houve época em que eu achava que voz alguma dentre elas soava como a de Phuong. Estiquei a mão e toquei seu braço — também seus ossos eram frágeis como os de um pássaro.

"Continua, Phuong?"

Riu e escutei-a riscando um fósforo. "Apaixonado?" — talvez esse fosse um dos termos que não compreendesse.

"Quer que prepare seu cachimbo?", perguntou.

Quando abri os olhos, havia acendido a lamparina e a bandeja já fora preparada. A luz da lamparina emprestava à sua pele uma cor negra de âmbar, conforme se debruçava acima da chama, o rosto franzido de concentração, aquecendo a pequena pasta de ópio, remexendo a agulha.

"Pyle ainda não fumou?", perguntei.

"Não."

"Precisa fazer com que fume ou então não vai voltar." Havia uma superstição entre elas de que o homem que houvesse fumado sempre voltava, mesmo da França. A potência sexual do amante podia ser prejudicada pelo hábito, mas sempre prefeririam um parceiro fiel a um potente. Agora amassava a bolota de pasta quente na borda convexa do fornilho, e pude sentir o aroma do ópio. Não há cheiro igual a esse. Ao lado da cama, o despertador marcava meia-noite e vinte, mas minha tensão sumira. Pyle se apequenara. A lamparina iluminava seu rosto conforme ela manuseava o longo cachimbo, inclinando-se sobre ele com a atenção séria que poderia ter dispensado a uma criança. Eu gostava do meu cachimbo: mais de meio metro de comprimento de um bambu perfeitamente reto, com marfim em ambas as extremidades. Dois terços para baixo ficava o fornilho, como uma convolvulácea ao contrário, a borda convexa polida e enegrecida pelo frequente amassar do ópio. Então, com um pequeno movimento do pulso, ela enfiou a agulha na minúscula cavidade, soltou o ópio e emborcou o fornilho sobre a chama, segurando o cachimbo com firmeza para mim. A bolha de ópio fluiu com delicadeza e suavidade quando inalei.

O fumante experiente pode puxar toda a fumaça de um só fôlego, mas eu sempre tive de dar várias tragadas. Então me recostei, com a cabeça sobre o travesseiro de couro, enquanto ela preparava o segundo cachimbo.

Eu disse: "Olha, sério, a noite está clara como dia. Pyle sabe que dou umas cachimbadas antes de dormir e não quer me incomodar. Vai aparecer pela manhã".

Para dentro foi-se a agulha e fumei meu segundo cachimbo. Quando ia me deitando, disse: "Nada com que se preocupar. Nada com que se preocupar, de jeito nenhum". Dei um gole no chá e pus minha mão na dobra de seu braço. "Quando você me deixou", continuei, "foi sorte ter isto aqui para me segurar. Tem uma boa casa na rue d'Ormay. Quanto barulho nós europeus fazemos por nada. Não devia viver com um homem que não fuma, Phuong."

"Mas ele vai se casar comigo", ela disse. "Em breve."

"Claro, isso é outra coisa."

"Quer que prepare o cachimbo outra vez?"

"Quero."

Imaginei se concordaria em passar a noite comigo caso Pyle não aparecesse, mas eu sabia que após ter fumado quatro cachimbos eu não iria mais fazer questão dela. Claro que seria agradável sentir sua coxa a meu lado na cama — ela sempre dormia de costas e quando eu acordasse pela manhã poderia começar o dia com um cachimbo, em lugar de ter apenas minha própria companhia. "Pyle não vai mais aparecer, agora", eu disse. "Fique aqui, Phuong." Ela me estendeu o cachimbo e balançou a cabeça. Assim que o ópio entrou, sua presença ou ausência passou a importar muito pouco.

"Por que Pyle não está aqui?", perguntou.

"Como vou saber?", eu disse.

"Será que foi ver o general Thé?"

"Não sei dizer."

"Ele me disse que, se não pudesse sair para jantar com você, não viria aqui."

"Não se preocupe. Ele vai aparecer. Prepare-me outro cachimbo." Quando se inclinou sobre a chama, o poema de Baudelaire surgiu em minha mente: "Mon enfant, ma soeur…". Como é mesmo que continuava?

Aimer à loisir
Aimer et mourir
Au pays qui te ressemble.

Lá fora, junto às docas, os barcos repousavam, "dont l'humeur est vagabonde". Pensei que se cheirasse sua pele sentiria uma levíssima fragrância de ópio, e sua tez era a da pequena chama. Eu vira as flores de sua túnica nas margens dos canais, ao norte, ela era tão nativa quanto uma erva, e eu não queria voltar para casa nunca mais.

"Queria ser Pyle", eu disse em voz alta, mas a dor era limitada e suportável — o ópio cuidava disso. Alguém bateu na porta.

"Pyle", ela disse.

"Não. Não é sua batida."

Alguém bateu outra vez, com impaciência. Ela se ergueu rapidamente, sacudindo a árvore amarela, que despejou outra enxurrada de pétalas sobre minha máquina de escrever. A porta se abriu.

"Monsieur Fowlair", ordenou uma voz.

"Sou eu, Fowler", eu disse. Não ia ficar de pé por causa de um policial — dava para ver sua bermuda cáqui sem erguer a cabeça.

Explicou-me em seu francês vietnamita quase incompreensível que minha presença se fazia necessária imediatamente — agora mesmo, rápido — no Sûreté.

"No Sûreté francês ou no vietnamita?"

"O francês." Vindo de sua boca, soava como "françung".

"O que é?"

Não sabia: suas ordens eram para me buscar.

"Irei pela manhã."

"Sur le chung", disse a figura pequena, aprumada, obstinada. Discutir não levaria a nada, então me levantei e pus a gravata e os sapatos. Aqui a polícia tinha a última palavra: poderiam suspender minha licença de circular livremente; poderiam me impedir de comparecer às coletivas de imprensa; poderiam até mesmo, se quisessem, recusar-se a me conceder um visto de saída. Esses eram os métodos abertamente legais, mas a legalidade não era essencial num país em guerra. Conheci um homem que súbita e inexplicavelmente perdeu seu cozinheiro — ele havia seguido seu rastro até o Sûreté vietnamita, mas os oficiais ali lhe asseguraram que o homem fora solto após um interrogatório. A família do cozinheiro jamais voltou a vê-lo. Talvez houvesse se unido aos comunistas; talvez houvesse sido recrutado por um desses exércitos particulares que grassavam em torno de Saigon — os hoa-haos, ou os caodaístas, ou o general Thé. Talvez estivesse em uma prisão francesa. Talvez estivesse feliz da vida ganhando dinheiro com garotas em Cholon, o bairro chinês. Talvez a coragem lhe houvesse faltado quando o interrogaram. Eu disse: "Não vou caminhar. Vai ter de me pagar um riquixá". A pessoa precisa manter a dignidade.

Eis por que recusei um cigarro do policial francês no Sûreté. Após três cachimbos, minha mente estava limpa e alerta: poderia facilmente tomar decisões como essa sem perder de vista a questão principal — o que queriam de mim? Encontrara-me com Vigot diversas vezes em festas — o homem me chamara a atenção pela incongruência de sua aparente paixão pela esposa, que o ignorava, uma falsa loira chamativa. Agora eram duas da manhã e ele estava sentado com ar cansado e deprimido em meio à fumaça de cigarro e ao forte calor, usando uma viseira verde, com um volume de Pascal aberto sobre a escrivaninha para matar o tempo. Quando me recusei a permitir que interrogasse Phuong sem minha presença, desistiu no ato, com um suspiro que podia representar cansaço com Saigon, com o calor ou com a completa condição humana.

Disse, em inglês: "Mil perdões por pedir que viesse até aqui".

"Ninguém pediu. Me ordenaram."

"Ah, esses policiais locais... eles não entendem." Seus olhos pousaram em uma página de *Les Pensées*, como se continuassem absortos naquelas tristes argumentações. "Gostaria de lhe fazer algumas perguntas... sobre Pyle."

"Seria melhor fazer as perguntas a ele."

Virou-se para Phuong e a interrogou rispidamente em francês. "Por quanto tempo morou com monsieur Pyle?"

"Um mês... não sei", ela disse.

"Quanto ele lhe pagou?"

"Não tem o direito de perguntar isso", eu disse. "Ela não está à venda."

"Ela antes morava com o senhor, não é?", perguntou, abrupto.

"Foram dois anos."

"Sou um correspondente que deveria cobrir sua guerra — quando vocês deixam. Não me peça para contribuir para suas páginas de escândalo também."

"O que sabe sobre Pyle? Por favor, responda minhas perguntas, monsieur Fowler. Preferiria não fazê-las. Mas isso é sério. Por favor, acredite, é muito sério."

"Não sou um informante. Sabe tudo que posso lhe contar acerca de Pyle. Tem trinta e dois anos, a serviço da Missão de Ajuda Econômica, nacionalidade americana."

"Ao que parece é seu amigo", disse Vigot, olhando de mim para Phuong. Um policial local entrou com três xícaras de café preto.

"Ou será que prefeririam um chá?", perguntou Vigot.

"Sou amigo dele, sim", disse. "Por que não? Um dia, terei de voltar para casa, não é? Não poderei levá-la comigo. Estará muito bem com ele. É um arranjo razoável. E vai se casar com ela, segundo diz. Pode muito bem, sabe disso. É um bom sujeito, a seu modo. Um homem sério. Não um desses filhos da puta arruaceiros do Continental. Um americano tranquilo", resumi, com precisão, assim como poderia ter dito "um lagarto azul" ou "um elefante branco".

Vigot disse: "Sei". Parecia procurar em sua escrivaninha as palavras com as quais transmitir o que pretendia dizer de modo tão preciso quanto eu o fizera. "Um americano muito tranquilo." Ficou sentado ali no pequeno escritório abafado à espera de que um de nós falasse. Um pernilongo zumbiu antes de atacar e fitei Phuong. O ópio torna os sentidos aguçados — talvez simplesmente porque acalma os nervos e apazigua as emoções. Nada, nem mesmo a morte, parece ter grande importância. Phuong, pensei, não captara seu tom, melancólico e conclusivo, e seu inglês era péssimo. Sentada ali, na pesada cadeira de escritório, continuava a esperar pacientemente por Pyle. Eu, a essa altura, desistira de esperar, e pude perceber que Vigot se dava conta desses dois fatos.

"Quando foi que o encontrou pela primeira vez?", perguntou Vigot para mim.

Por que deveria eu lhe explicar que foi Pyle quem me encontrou? Eu o avistara em setembro último, atravessando a praça em direção ao bar do Continental: um rosto indubitavelmente jovem e novo vindo em nossa direção como uma flecha. Com suas pernas compridas, cabelo à escovinha e olhar fixo de alguém em um enorme campus, parecia inofensivo. As mesas na rua estavam praticamente todas cheias. "Incomoda-se?", perguntara, com grave cortesia. "Meu nome é Pyle. Sou novo por aqui"; acomodou-se numa cadeira e pediu uma cerveja. Então, ergueu rapidamente o olhar para o clarão duro da tarde.

"Isso foi uma granada?", perguntou, agitado e esperançoso.

"Mais provavelmente o escapamento de um carro", eu disse, e fiquei subitamente penalizado com seu desapontamento. A pessoa esquece muito rápido a própria juventude: outrora, até eu me interessava pelo que, na falta de palavra melhor, chamavam de notícia. Mas as granadas haviam perdido a novidade, para mim; algo que davam na página de trás do jornal local — tantas, ontem à noite, em Saigon, tantas em Cholon: nunca chegavam à imprensa europeia. Descendo a rua vinham as adoráveis e semelhantes figuras — as calças brancas de seda, os casacos compridos e justos em padrões rosa e malva, abertos na altura da coxa. Eu as observava com a nostalgia que sabia que iria sentir quando houvesse deixado aquelas plagas para sempre. "São fascinantes, não acha?", disse, por sobre minha cerveja, e Pyle lhes lançou um olhar ligeiro conforme seguiam pela rue Catinat.

"Ah, claro", disse, com indiferença: era um tipo sério. "O ministro está muito preocupado com essas granadas. Seria muito embaraçoso, ele diz, se houvesse um incidente… com um de nós, quero dizer."

"Com um de vocês? É, acho que isso seria bem sério. O Congresso não iria gostar." Por que sentimos prazer em provocar gente inocente? Talvez apenas dez dias antes ele estivesse passeando pelo Common, em Boston, os braços cheios dos livros que andara lendo antecipadamente sobre o Extremo Oriente e os problemas da China. Nem mesmo ouviu o que eu disse; estava já absorto nos dilemas da democracia e nas responsabilidades do Ocidente; era determinado — isso aprendi logo — a fazer o bem, não a uma pessoa individualmente, mas a um país, um continente, um mundo. Bem, estava em seu elemento, agora, com todo o universo por ser melhorado.

"Ele está no necrotério?", perguntei a Vigot.

"Como sabia que estava morto?" Era uma pergunta boba, para um policial, indigna do homem que lia Pascal, indigna também do homem que tão estranhamente amava a esposa. Não se pode amar sem intuição.

"Sou inocente", falei. Disse com meus botões que era verdade. Acaso Pyle não seguira sempre o próprio caminho? Procurei algum sentimento em mim mesmo, até indignação com a suspeita de um policial, mas fui incapaz de encontrar algum. Ninguém, a não ser Pyle, era responsável. Não estamos melhor mortos?, argumentava o ópio comigo. Mas olhei cautelosamente para Phuong, pois era um duro golpe para ela. A seu modo, devia tê-lo amado: não havia gostado de mim, e me trocado por Pyle? Apegara-se à juventude, à esperança, à seriedade, e agora estas lhe faltavam mais do que a idade e o desespero. Ali sentada, olhando de um para outro, pensei que ainda não compreendera. Talvez fosse uma boa coisa se pudesse tirá-la de lá antes que se desse conta do fato. Estava pronto a responder qualquer pergunta, contanto que pudesse conduzir a entrevista a um termo, com rapidez e ambiguidade, de modo a lhe contar mais tarde, em particular, longe dos olhos de um policial, das cadeiras duras do escritório, do globo nu orbitado por mariposas.

Disse a Vigot: "Em que horário está interessado?".

"Entre as seis e as dez."

"Tomei uma bebida no Continental às seis. Os garçons se lembrarão. Às quinze para as sete, desci até o cais para observar os aviões americanos sendo desembarcados. Vi Wilkins, da Associated News, na porta do Majestic. Depois entrei no cinema ao lado. Provavelmente, vão se lembrar — tiveram de me conseguir troco. Dali, tomei um riquixá para o Vieux Moulin — acho que cheguei umas oito e meia — e jantei sozinho. Granger estava lá — pode perguntar a ele. Depois, tomei um riquixá e voltei, lá pelas quinze pras dez. É capaz que consiga encontrar o condutor. Esperava Pyle às dez, mas ele não apareceu."

"Por que o esperava?"

"Ele me ligou. Disse que tinha de se encontrar comigo por causa de um assunto importante."

"Faz alguma ideia do que seria?"

"Não. Tudo era importante para Pyle."

"E esta sua garota?… Sabe onde ela estava?"

"Esperava por ele do lado de fora, à meia-noite. Estava ansiosa. Não sabe de nada. Vamos, não consegue perceber que continua à espera dele?"

"Claro", ele disse.

"E pode mesmo acreditar que eu o matei por ciúme… ou ela, pelo quê? Iam se casar."

"Sei."

"Onde o encontrou?"

"Na água, sob a ponte para Dakow."

O Vieux Moulin ficava junto à ponte. Havia policiais armados nela e o restaurante tinha um alambrado para se proteger de granadas. Não era seguro atravessar a ponte à noite, pois todo o lado oposto do rio ficava nas mãos do Viet Minh, quando escurecia. Devo ter jantado a menos de cinquenta metros de seu corpo.

"O problema", eu disse, "é que ele meteu os pés pelas mãos."

"Para falar francamente", disse Vigot, "não lamento tanto assim. O homem estava causando um bocado de estrago."

"Deus nos livre sempre", eu disse, "dos inocentes e dos bons."

"Bom?"

"É, bom. A seu modo. O senhor é católico. Não entenderia o modo dele. E, além do mais, era uma droga de ianque."

"O senhor faz objeção a identificá-lo? Peço desculpas. É procedimento de praxe, não dos mais agradáveis."

Não me dei ao trabalho de perguntar por que não esperava alguém da Legação Americana, pois sabia o motivo. Os métodos franceses são um pouco antiquados para nossos frios padrões: acreditam na consciência, no sentimento de culpa, que um criminoso deve ser confrontado com seu crime, porque pode baixar a guarda e se trair. Disse comigo mesmo, mais uma vez, que era inocente, conforme ele descia a escadaria de pedra para onde o maquinário frigorífico zumbia, no porão.

Puxaram-no como se fosse uma fôrma de cubos de gelo, e dei uma olhada. As feridas estavam placidamente congeladas. Eu disse: "Viu, não voltam a abrir em minha presença".

"*Comment?*"

"Não é esse um dos objetivos? A provação por isso ou aquilo? Mas vocês o deixaram duro como uma pedra. Não havia congeladores na Idade Média."

"O senhor o reconhece?"

"Ah, claro."

Parecia mais do que nunca deslocado: devia ter ficado em casa. Eu o vi num álbum de família, montando, num rancho recreativo, na praia em Long Island, fotografado com os colegas em algum apartamento no vigésimo terceiro andar. Pertencia aos arranha-céus e elevadores expressos, sorvetes e *dry martinis*, leite no almoço e sanduíches de frango no Merchant Limited.

"Não foi isso que o matou", disse Vigot, apontando uma ferida no peito. "Afogou-se na lama. Encontramos lama em seus pulmões."

"Vocês trabalham rápido."

"É preciso, neste clima."

Empurraram a bandeja de volta e fecharam a porta. A borracha abafou o som.

"Não pode nos ajudar de jeito nenhum?", perguntou Vigot.

"Não."

Voltei caminhando para o apartamento junto com Phuong. Minha dignidade se fora. A morte acaba com a vaidade — até mesmo a vaidade do corno que não deve demonstrar sua dor. Ela continuava sem saber do que se tratava aquilo e eu não achava um meio de lhe contar devagar e com delicadeza. Eu era um correspondente: pensava em manchetes. "Funcionário americano assassinado em Saigon". Trabalhando em um jornal, a pessoa não aprende um jeito de transmitir as más notícias, e até mesmo nesse momento tive de pensar no trabalho e lhe pedir: "Incomoda-se de dar uma parada no posto de telégrafo?". Deixei-a na rua, enviei meu cabograma e voltei. Fora apenas um gesto: eu sabia muito bem que os correspondentes franceses já estariam informados ou então, se Vigot tivesse jogado limpo (o que era possível), os censores reteriam meu telegrama até que os franceses houvessem enviado os deles. Meu jornal primeiro receberia a notícia com um cabeçalho de Paris. Não que Pyle fosse muito importante. Não seria possível enviar os detalhes de sua verdadeira carreira, e que antes de morrer ele fora o responsável por pelo menos cinquenta mortes, pois isso teria deteriorado as relações anglo-americanas e deixado o ministro aborrecido. O ministro tinha um grande respeito por Pyle — Pyle obtivera um belo diploma em... bem, um desses assuntos em que os americanos se diplomam: quem sabe relações públicas ou artes cênicas, talvez até estudos do Extremo Oriente (ele havia lido um bocado de livros).

"Onde está Pyle?", perguntou Phuong. "O que eles querem?"

"Vamos para casa", eu disse.

"Pyle virá?"

"É tão provável que apareça em casa quanto em qualquer outro lugar."

As velhas continuavam a tagarelar no patamar da escada, sob o relativo frescor. Quando abri a porta, pude perceber que o quarto fora revistado: tudo estava muito mais arrumado do que eu jamais deixara.

"Outro cachimbo?", perguntou Phuong.

"Quero."

Tirei a gravata e os sapatos; o interlúdio terminara; a noite era quase a mesma que fora antes. Phuong se agachou aos pés da cama e acendeu a lamparina. *Mon enfant, ma soeur* — pele cor de âmbar. *Sa douce langue natale.*

"Phuong", eu disse. Ela amassava o ópio no fornilho. "Il est mort, Phuong." Ela segurou a agulha em sua mão e ergueu os olhos para mim como uma criança tentando se concentrar, franzindo o cenho. "Tu dis?"

"Pyle est mort. Assassiné."

Ela pousou a agulha e sentou-se sobre os tornozelos, me encarando. Não houve cena, nem lágrimas, apenas o pensamento — o longo pensamento particular de alguém que precisa mudar todo o curso de sua vida.

"É melhor ficar aqui esta noite", eu disse.

Ela fez que sim com a cabeça e, apanhando outra vez a agulha, começou a esquentar o ópio. Nessa noite, acordei de um desses sonos opiáceos breves e profundos, com dez minutos de duração, que pareceu toda uma noite de descanso, e dei com minha mão onde sempre a pousava, à noite, entre suas pernas. Ela havia adormecido e mal dava para ouvir sua respiração. Novamente, após tantos meses, não estava sozinho e, contudo, de repente pensei, com raiva, lembrando-me de Vigot e de sua viseira verde no distrito policial, e dos silenciosos corredores sem vivalma da Legação, e da pele suave e sem pelos sob minha mão: "Será que sou o único que se preocupava de verdade com Pyle?".

CAPÍTULO 2

I

NA MANHÃ EM QUE PYLE apareceu na praça perto do Continental eu já me enchera de meus colegas americanos da imprensa, grandalhões, ruidosos, pueris, de meia-idade, cheios de tiradas ácidas contra os franceses, que, no fim das contas, eram os que lutavam nesta guerra. Periodicamente, depois que um combate qualquer houvesse sido finalizado de modo satisfatório e as baixas retiradas da cena, eram chamados a Hanói, a quase quatro horas de voo dali, recebidos pelo comandante em chefe, alojados durante uma noite em um acampamento de imprensa onde, segundo alardeavam, havia o melhor *barman* de toda a Indochina, sobrevoavam o mais recente campo de batalha a uma altura de três mil pés (o limite de alcance de uma metralhadora pesada) para ser então entregues sãos e salvos e ruidosos de volta, como em uma excursão escolar, ao Continental Hotel, em Saigon.

Pyle era tranquilo, parecia modesto e, às vezes, nesse primeiro dia, eu tinha de me inclinar para a frente a fim de entender o que dizia. Era muito, muito sério. Por várias vezes pareceu se encolher para dentro de si mesmo com o barulho dos jornalistas americanos na varanda acima — a varanda que, assim rezava a crença popular, seria o local mais seguro contra granadas de mão. Mas não criticava ninguém.

"Já leu York Harding?", perguntou.

"Não. Não, acho que não. O que ele escreveu?"

Ele fixou o olhar num bistrô do outro lado da rua e disse, com ar sonhador: "Aquilo ali parece uma lanchonete". Fiquei imaginando como era profunda sua saudade de casa para fazer uma escolha assim esquisita do que observar em um cenário tão pouco familiar. Mas eu mesmo, em minha primeira caminhada pela rue Catinat, a primeira coisa que notei foi a loja com o perfume Guerlain, e acaso não encontrei conforto no pensamento de que, afinal de contas, a Europa ficava apenas a trinta horas de distância dali? Ele desviou relutante sua atenção do pequeno estabelecimento e disse: "York escreveu um livro chamado *O avanço da China comunista*. Um livro muito profundo".

"Não li. Você o conheceu?"

Ele fez que sim com a cabeça, solene, e mergulhou no silêncio. Mas voltou a quebrá-lo no momento seguinte para modificar a impressão que deixara. "Não o conheci muito bem", disse. "Acho que só nos encontramos umas duas vezes." Gostei dele por causa disso — considerar que era uma fanfarrice alegar familiaridade com... como era mesmo o nome?... York Harding. Fui descobrir mais tarde que ele nutria um respeito enorme pelo que chamava de escritores sérios. O termo excluía romancistas, poetas e dramaturgos, a menos que explorassem o que chamava de tema contemporâneo e, mesmo nesse caso o melhor era ler a coisa sem diluição, direto de York.

Eu falei: "Sabe, se você vive num lugar por muito tempo, para de ler a respeito".

"Claro que sempre gostei de saber o que o homem local tem a dizer", respondeu, na defensiva.

"E depois checar com York?"

"Isso." É provável que houvesse percebido a ironia, pois acrescentou, com sua habitual polidez: "Para mim, seria um grande privilégio se você tivesse tempo de me pôr a par dos acontecimentos principais. Sabe, já faz mais de dois anos que York esteve por aqui".

Gostei de sua lealdade a Harding — fosse lá quem fosse Harding. Variava da atitude depreciativa dos jornalistas, com seu cinismo imaturo. Eu disse: "Tome outra garrafa de cerveja e vou tentar lhe passar um quadro geral das coisas".

Comecei, enquanto me observava atentamente como um aluno aplicado, explicando a situação ao norte, no Tonquim, onde os franceses por essa época dominavam o delta do rio Vermelho, que compreendia Hanói e o único porto ao norte, Haiphong. Era o local onde a maior parte do arroz era cultivado e, quando chegava a época da colheita, a batalha anual pelo arroz sempre recomeçava.

"Isso é o norte", eu disse. "Os pobres-diabos dos franceses talvez consigam manter a ocupação se os chineses não vierem ajudar os vietminhs. Uma guerra com selva, montanhas e pântanos, arrozais alagadiços onde você afunda até os ombros e o inimigo simplesmente desaparece, enterra as armas, veste roupas de camponês. Mas dá para apodrecer confortavelmente no bafio de Hanói. Lá não jogam bombas. Sabe Deus por quê. Não se pode chamar esta guerra de normal."

"E aqui, no sul?"

"Os franceses controlam as principais estradas até as sete da noite; controlam as torres de observação depois desse horário, e as cidades... parte delas. Isso não quer dizer que estamos em segurança, ou não haveria alambrados diante dos restaurantes."

Quantas vezes não havia explicado isso antes. Eu era uma gravação permanentemente ligada em prol dos recém-chegados — os membros em visita do Parlamento, o novo ministro britânico. Às vezes, acordava à noite dizendo: "Tome o caso dos caodaístas". Ou os hoa-haos ou o Binh Xuyen, todos exércitos particulares que vendiam seus serviços por dinheiro ou vingança. Os estranhos os achavam pitorescos, mas não há nada de pitoresco na traição ou na desconfiança.

"E agora", disse, "temos o general Thé. Um ex-chefe de estado-maior dos caodaístas, mas que se refugiou nas montanhas para combater ambos os lados, os franceses, os comunistas…"

"York", disse Pyle, "escreveu que o que o Oriente precisava era de uma terceira força." Talvez eu devesse ter percebido o brilho do fanatismo, a rápida reação a uma frase feita, o mágico som dos números: quinta-coluna, terceira força, sétimo dia. Quem sabe eu teria poupado todos nós de um bocado de problemas, até mesmo Pyle, caso houvesse percebido a direção que tomava aquela jovem mente infatigável. Mas deixei-o com um esqueleto árido do pano de fundo e empreendi minha caminhada diária pela rue Catinat. Ele teria de aprender por si mesmo acerca do verdadeiro pano de fundo, que pega em você como um cheiro: o ouro dos arrozais sob o achatado sol crepuscular; as frágeis varas dos pescadores vergadas como pernilongos sobre os campos alagados; as xícaras de chá num velho estrado de abade, com sua cama e seus calendários comerciais, suas tinas, xícaras quebradas e os rebotalhos de uma vida inteira lavados em torno da cadeira; os chapéus em forma de concha das garotas reparando a estrada onde uma mina explodiu; o dourado, o fresco verdor, os vestidos brilhantes do sul, e ao norte os marrons profundos e as roupas negras, o círculo das montanhas inimigas, o zumbido dos aviões. Quando ali cheguei pela primeira vez, contava os dias para minha tarefa, como um aluno riscando os dias do período letivo; eu acreditava estar atado ao que restara de uma Bloomsbury Square, ao ônibus 73 passando pelo pórtico de Euston, à primavera no vagão em Torrington Place. Agora haveria as lâmpadas lá fora, na praça ajardinada, e eu não dava a mínima. Queria um dia pontuado por essas rápidas notícias que tanto podem ser um escapamento de carro como granadas, queria continuar a ver aquelas figuras com calças de seda se movendo graciosamente através do úmido meio-dia, queria Phuong, e meu lar deslocara seu solo em 13 mil quilômetros.

Virei na casa do alto comissário, onde a Legião Estrangeira montava guarda com seus quepes brancos e dragonas escarlates, passei pela catedral e voltei ladeando o muro lúgubre do Sûreté vietnamita, que parecia recender a urina e injustiça. Contudo, também ele era parte do lar, como os corredores escuros de andares superiores que alguém evita na infância. As novas revistas obscenas estavam expostas nas bancas perto do cais — *Tabu* e *Illusion* — e os marinheiros bebiam cerveja na calçada, alvo fácil para uma bomba caseira. Pensei em Phuong, que estaria pechinchando o preço do peixe na terceira rua à esquerda, antes de comer algo no bistrô (eu sempre sabia onde ela estava, nessa época), e Pyle saiu fácil e naturalmente de meus pensamentos. Nem mesmo mencionei o nome dele a Phuong, quando nos sentamos para almoçar em nosso quarto na rue Catinat e ela vestia sua melhor túnica florida porque fazia dois anos desde o dia em que nos conhecêramos no Grand Monde, em Cholon.

II

NENHUM DE NÓS MENCIONOU O NOME DELE, ao acordar pela manhã, após sua morte. Phuong se levantara antes que eu estivesse acordado e preparou o nosso chá. Não se tem ciúme dos mortos, e me pareceu fácil naquela manhã retomar nossa antiga vida juntos.

"Vai ficar aqui esta noite?", perguntei a Phuong por sobre os croissants, o mais casualmente que pude.

"Tenho de buscar minha caixa."

"A polícia pode estar lá", eu disse. "É melhor eu ir com você." Foi o mais perto que chegamos nesse dia de conversar a respeito de Pyle.

Pyle possuía um apartamento em uma nova vila perto da rue Duranton, travessa de uma dessas ruas principais que os franceses sempre subdividiam em homenagem a seus generais — de modo que a rue de Gaulle se tornava, após a terceira travessa, a rue Leclerc, e também esta, mais cedo ou mais tarde, ao que tudo indicava, se tornaria abruptamente a rue de Lattre. Alguém importante devia estar chegando da Europa pelo ar, pois havia um policial de frente para a calçada a cada vinte metros ao longo do caminho que conduzia à residência do alto comissário.

Na trilha de cascalho que levava ao apartamento de Pyle havia várias motocicletas, e um policial vietnamita inspecionou minha credencial de jornalista. Ele não permitiu que Phuong entrasse na casa, então saí à procura de um policial francês. No banheiro de Pyle, Vigot lavava as mãos com o sabonete de Pyle e as secava na toalha de Pyle. Seu terno tropical tinha uma mancha de óleo na manga — óleo de Pyle, presumi.

"Alguma novidade?", perguntei.

"Encontramos o carro na garagem. Está sem gasolina. Deve ter saído na noite passada num riquixá... ou no carro de alguma outra pessoa. Talvez a gasolina tenha acabado."

"Ou pode até ter ido a pé", eu disse. "Sabe como são os americanos."

"Seu carro pegou fogo, não foi?", continuou ele, pensativo. "Não conseguiu outro, ainda?"

"Não."

"O detalhe do carro não é importante."

"Não."

"Tem alguma teoria?", perguntou ele.

"Várias", eu disse.

"Diga."

"Bom, ele pode ter sido assassinado pelo Viet Minh. Mataram um monte de gente em Saigon. Seu corpo foi encontrado no rio junto à ponte para Dakow — território vietminh, quando a sua polícia vai embora, à noite. Ou pode ter sido morto pelo Sûreté vietnamita

— já aconteceu. Talvez não gostassem de seus amigos. Talvez tenha sido morto pelos caodaístas porque conhecia o general Thé."

"Conhecia?"

"Diziam que sim. Talvez tenha sido morto pelo general Thé porque conhecia os caodaístas. Talvez tenha sido morto pelos hoa--haos por ter dado em cima das concubinas do general. Talvez tenha sido morto só porque alguém queria seu dinheiro."

"Ou foi um simples caso de ciúme", disse Vigot.

"Ou talvez pelo Sûreté francês", continuei, "porque não gostavam de seus contatos. Está mesmo procurando quem o matou?"

"Não", disse Vigot. "Só fazendo um relatório, nada mais. Já que é uma situação de guerra... bom, há milhares de pessoas sendo mortas todos os anos."

"Pode me excluir", eu disse. "Não tenho envolvimento. Nenhum envolvimento", repeti. Isso tem sido um artigo de meu credo. Sendo a condição humana como é, deixe que lutem, deixe que amem, deixe que se matem, eu não iria me envolver. Meus colegas jornalistas chamavam a si mesmos de correspondentes; eu preferia o título de repórter. Escrevia o que via. Nada de ação — até mesmo uma opinião é uma forma de ação.

"O que faz aqui?"

"Vim buscar as coisas de Phuong. Seus policiais não a teriam deixado entrar."

"Bom, vamos lá atrás delas."

"Obrigado pela gentileza, Vigot."

Pyle tinha dois cômodos, uma cozinha e um banheiro. Fomos até o quarto. Sabia onde Phuong guardaria sua caixa — sob a cama. Ambos a puxamos; continha seus livros ilustrados. Apanhei as poucas mudas de roupas no armário, suas duas túnicas boas e uma calça. Dava a sensação de que tinham ficado ali por poucas horas sem pertencer ao lugar, que estavam de passagem, como uma borboleta em um quarto. Numa gaveta encontrei sua bermuda pantalona e a coleção de lenços. Havia pouquíssima coisa para enfiar na caixa, menos que um hóspede de fim de semana em casa.

Na sala de estar havia uma foto sua com Pyle. Tinham sido fotografados no jardim botânico, ao lado de um grande dragão de pedra. Ela segurava o cachorro de Pyle com uma guia — um *chow-chow* preto de língua preta. Um cão preto demais. Pus a fotografia na caixa. "O que aconteceu com o cachorro?", perguntei.

"Não está aqui. Deve ter levado com ele."

"Quem sabe volte, aí vocês poderão analisar a terra em suas patas."

"Não sou Lecoq, nem Maigret, e estamos em guerra."

Fui até a estante e examinei as duas fileiras de livros — a biblioteca de Pyle. *O avanço da China comunista, O desafio à democracia, O papel do Ocidente* — isso, presumi, constituía as obras completas de York Harding. Havia um monte de relatórios do Congresso, um livro de expressões vietnamitas, uma história da Guerra das Filipinas, um Modern Library Shakespeare. Com que ele relaxava? Achei suas leituras leves em outra prateleira: um Thomas Wolfe de bolso e uma misteriosa antologia chamada *O triunfo da vida*, além de uma coletânea de poesia americana. Havia também um livro de problemas de xadrez. Não parecia grande coisa ao fim de um dia de trabalho, mas, afinal de contas, ele tinha Phuong. Enfiada atrás da antologia havia uma brochura intitulada *Fisiologia do casamento*. Talvez estivesse estudando o sexo, assim como estudara o Oriente, na teoria. E a palavra-chave era casamento. Pyle acreditava no envolvimento.

Sua escrivaninha estava completamente vazia. "Vocês fizeram uma faxina e tanto", eu disse.

"Ah", disse Vigot, "tive de me encarregar disso no interesse da Legação Americana. Sabe como um escândalo se espalha rápido. Alguém poderia ter aparecido aqui para saquear. Mandei lacrar toda a papelada." Falou isso com ar sério, sem nem ao menos sorrir.

"Algo prejudicial?"

"Não podemos nos dar ao luxo de achar nada prejudicial a um aliado", disse Vigot.

"Importa-se se eu ficar com um destes livros — como lembrança?"

"Vou olhar para o outro lado."

Escolhi *O papel do Ocidente*, de York Harding, e o guardei na caixa com as roupas de Phuong.

"Como amigo", disse Vigot, "não há nada que possa me confidenciar? Meu relatório está pronto. Morto pelos comunistas. Talvez o início de uma campanha contra a ajuda americana. Mas cá entre nós... ouça, não dá para conversar com a garganta seca, que tal um vermute de cassis ali na esquina?"

"Cedo demais."

"Ele não lhe confidenciou nada da última vez em que o viu?"

"Não."

"Quando foi isso?"

"Ontem de manhã. Depois do *big bang*."

Fez uma pausa para que a resposta penetrasse — na minha cabeça, não na dele: era claramente um interrogatório. "Estava fora quando ele foi à sua procura ontem à noite?"

"Ontem à noite? Devia estar. Não achei que..."

"Talvez você esteja à espera de um visto de saída. Sabe que podemos protelá-lo indefinidamente."

"Acredita mesmo", eu disse, "que quero ir para casa?"

Vigot olhou através da janela para o dia brilhante e sem nuvens. Disse, com tristeza: "A maioria quer".

"Gosto daqui. Em casa há... problemas."

"Merde!", disse Vigot, "l'attaché économique est là." Repetiu com sarcasmo, "attaché économique".

"É melhor eu dar o fora. Ele vai querer me lacrar, também."

Vigot disse, cansado: "Boa sorte para você. Ele deve ter um bocado de coisas ruins para me dizer".

Quando saí, o adido econômico estava ao lado de seu Packard e tentava explicar algo para o motorista. Era um homem corpulento de meia-idade, com um traseiro exagerado e um rosto que parecia jamais ter necessitado de uma lâmina de barbear. Chamou: "Fowler. Será que poderia explicar para esse maldito motorista...?".

Expliquei.

Ele disse: "Mas foi exatamente isso que eu falei, só que ele sempre finge que não entende francês".

"Pode ser questão de sotaque."

"Fiquei três anos em Paris. Meu sotaque é bom o bastante para um desses malditos vietnamitas."

"A voz da democracia", eu disse.

"Como é?"

"Imagino que seja um livro de York Harding."

"Não estou entendendo." Lançou um olhar desconfiado para a caixa que eu carregava. "O que tem aí?", disse.

"Duas calças de seda, duas túnicas de seda, algumas calcinhas... três, acho. Tudo produto nacional. Nenhuma ajuda americana."

"Esteve lá em cima?", perguntou.

"Estive."

"Soube das novas?"

"Sim."

"Que coisa terrível", disse, "terrível."

"Imagino que o ministro esteja muito preocupado."

"Diria que sim. Está reunido com o alto comissário bem agora e solicitou um encontro com o presidente." Pousou a mão em meu braço e me conduziu para longe dos carros. "Conhecia bem o jovem Pyle, não? Não consigo me conformar que uma coisa dessas tenha acontecido com ele. Conheci seu pai. O professor Harold C. Pyle... já ouviu falar dele?"

"Não."

"É a maior autoridade mundial em erosão subaquática. Não viu a foto dele na capa da *Time*, no mês passado?"

"Ah, acho que me lembro. Um despenhadeiro desabando no fundo e óculos de aros dourados no primeiro plano."

"Era ele. Tive de redigir um telegrama para casa. Foi horrível. Eu gostava daquele garoto como se fosse meu filho."

"Isso o torna um parente próximo do pai dele."

Voltou os olhos castanhos para mim. Disse: "Que bicho mordeu você? Isso lá é jeito de falar quando um ótimo rapaz...".

"Desculpe", eu disse. "A morte atinge cada um de um jeito diferente." Talvez ele de fato amasse Pyle. "O que escreveu no telegrama?", perguntei.

Respondeu com gravidade e à letra: "'Lamento informar, seu filho morreu a morte de um soldado pela causa da democracia.' O ministro assinou".

"A morte de um soldado", eu disse. "Isso não pode se mostrar um pouco confuso? Quero dizer, para o pessoal de lá. A Missão de Ajuda Econômica não soa como o Exército. Conhece a ordem dos Purple Hearts?"

Ele disse com a voz baixa, tensa de ambiguidade: "Ele tinha atribuições especiais".

"Ah, sei, todo mundo adivinhou isso."

"Ele não contou, contou?"

"Ah, não", eu disse, e a expressão de Vigot me voltou à mente: "Era um americano muito tranquilo".

"Tem algum palpite", perguntou, "de por que o mataram? E quem?"

De repente, senti raiva; estava cheio daquele bando todo, com seus suprimentos privados de Coca-Cola, seus hospitais móveis, seus carros largos demais, suas armas não tão modernas. Eu disse: "Tenho. Mataram-no porque era inocente demais para viver. Era jovem, ignorante, tolo e se envolveu. Não fazia mais que uma ideia, tanto quanto qualquer um de vocês, do que se trata a coisa toda, e lhe deram dinheiro, os livros de York Harding sobre o Oriente e disseram 'Vá em frente. Conquiste o Oriente para a democracia'. Jamais viu coisa alguma que não tivesse escutado num auditório de conferências e esses escritores e conferencistas fizeram dele um tolo. Quando via um corpo não conseguia sequer olhar para as feridas. Uma ameaça vermelha, um soldado da democracia".

"Pensei que fosse amigo dele", disse, num tom de reprovação.

"Eu *fui* amigo dele. Teria gostado de vê-lo em casa, lendo os suplementos dominicais e seguindo os resultados do beisebol. Teria gostado de vê-lo a salvo com uma garota americana convencional sócia do Clube do Livro."

Ele limpou a garganta com desconforto. "Claro", falou, "esqueci aquele assunto deplorável. Fiquei inteiramente do seu lado, Fowler. O rapaz se comportou muito mal. Não me importo de lhe contar que tive uma longa conversa com ele a respeito da garota. Sabe, tive a vantagem de conhecer o professor e a senhora Pyle."

Eu disse, "Vigot está esperando", e fui andando. Pela primeira vez, avistou Phuong, e quando voltei a olhar estava me observando com dolorosa perplexidade: um irmão eterno que não compreendia.

CAPÍTULO 3

I

PYLE VIU PHUONG PELA PRIMEIRA VEZ também no Continental, talvez dois meses após ter chegado. Era o começo da noite, no frescor momentâneo que veio quando o sol acabara de se pôr e as velas foram acesas nas barracas das ruas laterais. Os dados tamborilavam nas mesas onde os franceses jogavam *quatre cent vingt-et-un* e as garotas com calças de seda branca pedalavam de volta para casa pela rue Catinat. Phuong bebia um copo de suco de laranja e eu tomava uma cerveja, sentados em silêncio, satisfeitos por estarmos juntos. Então Pyle veio hesitante em nossa direção e eu o apresentei. Tinha a mania de encarar fixamente uma garota, como se jamais houvesse visto uma, e então corar. "Estava imaginando se você e sua acompanhante", disse Pyle, "não gostariam de sentar à minha mesa, ali do outro lado. Um de nossos adidos…"

Era o adido econômico. Sorriu para nós lá de cima da varanda, um amplo e caloroso sorriso de boas-vindas, pleno de confiança, como o homem que conserva seus amigos porque usa os desodorantes certos. Eu ouvira chamarem-no de Joe diversas vezes, mas nunca soube seu sobrenome. Executou uma performance ruidosa de cadeiras puxadas e chamados ao garçom, embora tudo que essa atividade pudesse possivelmente produzir no Continental fosse um pedido de cerveja, uísque com soda ou vermute de cassis. "Não esperava vê-lo por aqui, Fowler", disse. "Estamos aguardando os rapazes voltarem de Hanói. Ao que parece, houve uma batalha daquelas. Não esteve com eles?"

"Estou cheio de voar quatro horas para uma coletiva de imprensa", eu disse.

Fitou-me com desaprovação. "Aqueles caras são pra lá de determinados. Puxa, espero que possam ganhar o dobro do que ganham em outro negócio ou no rádio sem risco nenhum."

"Talvez precisem do trabalho", eu disse.

"Parecem farejar a batalha como cavalos de guerra", prosseguiu, exultante, sem prestar atenção nas palavras que não lhe agradavam. "Bill Granger... você não consegue deixá-lo de fora do quebra-pau."

"Imagino que você tenha razão. Eu o vi uma noite dessas no bar do Sporting."

"Sabe muito bem que não foi isso que quis dizer."

Dois condutores de riquixá vieram pedalando furiosamente pela rue Catinat e pararam cabeça com cabeça diante do Continental. No primeiro estava Granger. O outro continha um amontoado pequeno, cinza e silencioso que Granger agora começava a puxar para a calçada. "Ah, vamos, Mick", disse, "vamos." Depois passou a discutir com seu condutor sobre o preço. "Aqui", disse, "pegar ou largar", e atirou cinco vezes a quantia correta na rua para que o homem apanhasse o dinheiro.

O adido econômico disse, nervoso: "Acho que os rapazes precisam de um pouco de descanso".

Granger depositou seu pacote sobre uma cadeira. Então, notou a presença de Phuong. "Ora", disse, "Joe, seu velho filho da mãe. Onde foi que a encontrou? Não sabia que você tinha um pirulito no meio das pernas. Dá licença, vou procurar o banheiro. Cuide do Mick."

"Os modos rudes dos soldados", eu disse.

Pyle disse, com ar grave, corando outra vez: "Não teria convidado vocês dois se soubesse que...".

O amontoado cinza se remexeu na cadeira e a cabeça tombou sobre a mesa como se estivesse solta. Suspirou, um longo e sibilante suspiro de tédio infinito, e permaneceu imóvel.

"Você o conhece?", perguntei a Pyle.

"Não. Não é alguém da imprensa?"

"Ouvi Bill chamá-lo de Mick", disse o adido econômico.

"Não tem um novo correspondente da United Press?"

"Não é ele. Eu o conheço. Quem sabe alguém de sua Missão Econômica? Não pode conhecer todo seu pessoal... há centenas deles."

"Não acho que seja um de nós", disse o adido econômico. "Não consigo me lembrar dele."

"Podemos procurar sua carteira de identidade", sugeriu Pyle.

"Pelo amor de Deus, não o acorde. Um bêbado é suficiente. Seja como for, Granger deve saber."

Mas não sabia. Voltou com ar sombrio do banheiro. "Quem é a moça?", perguntou, com morosidade.

"A senhorita Phuong é amiga de Fowler", disse Pyle, formal. "Queremos saber quem..."

"Onde ele a encontrou? A gente precisa ter cuidado nesta cidade." E acrescentou, abatido: "Deus abençoe a penicilina".

"Bill", disse o adido econômico, "queremos saber quem é Mick."

"E eu vou saber?"

"Mas você o trouxe aqui."

"Esses francesinhos de merda não aguentam um uísque. O cara apagou."

"Ele é francês? Pensei ter ouvido chamá-lo de Mick."

"Tinha que chamá-lo de alguma coisa", disse Granger. Inclinou-se para Phuong e disse: "Ei. Você. Quer outro suco de laranja? Tem compromisso para esta noite?".

Eu disse: "Ela tem compromisso toda noite".

O adido econômico apressou-se em indagar: "Como está a guerra, Bill?".

"Grande vitória a noroeste de Hanói. Franceses recapturaram dois vilarejos que nunca nos contaram ter perdido. Grandes baixas vietminhs. Eles mesmos ainda não foram capazes de fazer a contagem, mas vão nos informar em uma ou duas semanas."

O adido econômico disse: "Há rumores de que os viets invadiram Phat Diem, queimaram a catedral, puseram o bispo para correr".

"Não iriam nos contar uma coisa dessas em Hanói. Não é uma vitória."

"Uma de nossas equipes médicas não conseguia passar de Nam Dinh", disse Pyle.

"Chegou a ir tão longe, Bill?", perguntou o adido econômico.

"Quem você pensa que eu sou? Sou um correspondente com uma *ordre de circulation* que mostra quando estou passando dos limites. Tomo um voo para o aeroporto de Hanói. Eles nos mandam um carro para ir ao acampamento da imprensa. A gente é levado para sobrevoar as duas cidades recapturadas e nos mostram a bandeira tricolor tremulando. Pode ser qualquer maldita bandeira, daquela altura. Depois vem a coletiva de imprensa e algum coronel nos explica o que foi que vimos. Daí telegrafamos com censura. Daí bebemos. O melhor barman da Indochina. Daí tomamos o voo de volta."

Pyle franziu o rosto para sua cerveja.

"Está subestimando a si mesmo, Bill", disse o adido econômico. "Vamos, aquele relato da Estrada 66... como o chamou? Estrada para o Inferno... aquilo merecia o Pulitzer. Sabe de que história estou falando... o homem com a cabeça estourada ajoelhado na trincheira e aquele outro que você viu caminhando num sonho..."

"Acha mesmo que cheguei perto daquela estrada nojenta? Stephen Crane podia descrever uma guerra sem ter visto uma. Por que eu não conseguiria? É só uma droga de guerra colonial, afinal de contas. Me arrume outra bebida. E vamos sair e procurar uma garota. Você já tem sua trepada. Também preciso arranjar uma pra mim."

Eu disse a Pyle: "Acha que há algo de concreto nos rumores sobre Phat Diem?".

"Não sei. É importante? Gostaria de ir até lá e dar uma olhada", disse, "se for importante."

"Importante para a Missão Econômica?"

"Ah, bem", ele disse, "não podemos traçar limites muito rígidos. A medicina é um tipo de arma, não é? Esses católicos, eles tiveram de resistir fortemente aos comunistas, não tiveram?"

"Eles fazem negócios com os comunistas. O bispo obtém suas vacas e o bambu para as construções com os comunistas. Eu não diria que constituem exatamente a terceira força de York Harding", provoquei-o.

"Chega disso", gritava Granger. "Não vamos perder a noite toda aqui. Estou indo para a Casa das Quinhentas Garotas."

"Se você e a senhorita Phuong quiserem jantar comigo…", disse Pyle.

"Podem comer no Chalet", interrompeu-o Granger, "enquanto eu estiver socando as garotas na casa ao lado. Vamos lá, Joe. Você é homem, afinal."

Acho que foi então, perguntando-me o que é um homem, que senti afeição por Pyle pela primeira vez. Sentava-se ligeiramente enviesado em relação a Granger, girando a caneca de cerveja, com uma expressão de distanciamento resoluto. Ele disse a Phuong: "Imagino que fique cansada de todo esse comércio… com seu país, quero dizer?".

"*Comment?*"

"O que vai fazer com Mick?", perguntou o adido econômico.

"Larguem ele aí", disse Granger.

"Não pode fazer isso. Você nem ao menos sabe o nome dele."

"Podemos levá-lo conosco e deixá-lo aos cuidados das garotas."

O adido econômico deu uma gargalhada contagiante e estrepitosa. Parecia um rosto na televisão. Disse: "Vocês jovens podem fazer o que bem entenderem, mas eu estou velho demais para brincadeiras. Vou levá-lo para casa comigo. Você disse que ele é francês?".

"Ele estava falando francês."

"Se você puder levá-lo até meu carro..."

Depois que foram embora, Pyle tomou um riquixá com Granger, e Phuong e eu os seguimos pela estrada para Cholon. Granger havia feito uma tentativa de entrar no riquixá com Phuong, mas Pyle o impediu. Conforme pedalavam, conduzindo-nos pela longa estrada suburbana para o bairro chinês, uma fileira de carros blindados franceses passou, cada um com sua arma proeminente e um oficial silencioso e imóvel, como uma marionete sob as estrelas e o céu negro, liso, côncavo — mais problemas, provavelmente com um exército particular, o Binh Xuyen, que dominava o Grand Monde e os salões de jogos em Cholon. Esta era uma terra de barões rebeldes. Era como a Europa na Idade Média. Mas o que os americanos faziam aqui? Colombo ainda não havia descoberto o país deles. Disse para Phuong: "Gosto deste sujeito, Pyle".

"Ele é tranquilo", disse, e o adjetivo, que ela foi a primeira a usar, pegou como um apelido de escola, até eu ouvir o próprio Vigot usá-lo, sentado lá com sua viseira verde, falando sobre a morte de Pyle.

Parei nosso riquixá em frente ao Chalet e disse a Phuong: "Entre e ache uma mesa. É melhor eu procurar Pyle". Esse foi meu primeiro instinto — protegê-lo. Jamais me ocorreu que a necessidade maior era de proteger a mim mesmo. A inocência sempre clama surdamente por proteção quando seria muito mais sábio de nossa parte nos resguardarmos dela: a inocência é como um leproso mudo que perdeu a sineta, vagando pelo mundo, sem pretender fazer mal algum.

Quando cheguei à Casa das Quinhentas Garotas, Pyle e Granger haviam entrado. Perguntei no posto da polícia militar logo na entrada: "Deux américains?".

Era um jovem cabo da Legião Estrangeira. Parou de limpar seu revólver e balançou o polegar na direção da porta seguinte, fazendo uma piada em alemão. Não consegui entender.

Era hora do descanso no imenso pátio a céu aberto. Centenas de garotas se deitavam no gramado ou sentavam sobre os calcanhares, conversando com suas companheiras. As cortinas não tinham sido puxadas nos pequenos cubículos em torno — uma garota entediada deitava-se solitária em uma cama, com os tornozelos cruzados. Houve problemas em Cholon, as tropas ficaram confinadas aos quartéis e não havia nenhum trabalho a ser feito: o domingo do corpo. Somente o aglomerado de garotas lutando, arranhando e gritando revelou-me onde a clientela continuava ativa. Lembrei-me da velha história de Saigon sobre o visitante ilustre que perdera as calças pelejando para voltar à segurança do posto policial. Não havia proteção aqui para civis. Se decidiu invadir território militar, deve cuidar de si mesmo e encontrar sozinho o caminho para a saída.

Eu aprendera uma técnica — dividir para conquistar. Escolhi uma na multidão que se formava em torno de mim e a conduzi vagarosamente em direção ao ponto onde Pyle e Granger lutavam.

"Je suis un vieux", eu disse. "Trop fatigué." Ela deu uma risadinha e me apertou. "Mon ami", eu disse, "il est très riche, très vigoureux."

"Tu es sale", disse ela.

Avistei Granger, afogueado e triunfante; era como se tomasse a demonstração por um tributo a sua masculinidade. Uma garota trançara o braço no de Pyle e tentava arrastá-lo gentilmente para fora do círculo. Empurrei minha garota em meio a eles e o chamei: "Pyle, aqui".

Ele olhou para mim por sobre as cabeças e disse: "É horrível. Horrível". Talvez tenha sido um truque da luz, mas seu rosto me pareceu cadavérico. Ocorreu-me que muito possivelmente fosse virgem.

"Vamos, Pyle", eu disse. "Deixe-as com Granger." Vi sua mão se dirigindo ao bolso da calça. Acreditei que pretendia de fato esvaziar os bolsos de piastras e notas. "Não seja tonto, Pyle", gritei com aspereza. "Deixe que briguem." Minha garota se voltava para mim e lhe dei outro empurrão para o círculo central em torno de Granger. "Non, non", disse, "je suis un Anglais, pauvre, très pauvre." Então agarrei a manga de Pyle e o arrastei para fora, com a garota agarrada a seu outro braço como um peixe no anzol. Duas ou três garotas tentaram nos interceptar antes que chegássemos ao portão, onde o cabo continuava assistindo, mas não se mostraram tão determinadas.

"O que faço com esta aqui?", disse Pyle.

"Não vai ser problema", e nesse instante ela largou seu braço e afundou de volta na escaramuça em torno de Granger.

"Ele vai ficar bem?", perguntou Pyle, ansioso.

"Conseguiu o que queria... uma trepada."

A noite lá fora parecia bastante silenciosa, com apenas outro esquadrão de carros blindados passando, como se fossem pessoas com um propósito. Ele disse: "Que horrível. Não dá pra acreditar...". Disse, com triste perplexidade: "Como eram bonitas". Não era inveja de Granger, mas um lamento de que tudo que fosse bom — e a beleza e o encanto são sem dúvida formas de bondade — devesse ser conspurcado ou maltratado. Pyle era capaz de ver a dor quando ela surgia diante de seus olhos. (Não escrevo isso com sarcasmo; afinal, muitos de nós não conseguimos.)

Eu disse: "Vamos voltar para o Chalet. Phuong está esperando".

"Desculpe", ele disse. "Esqueci completamente. Você não deveria tê-la deixado."

"Não era *ela* quem estava em perigo."

"Só achei que devia ver se Granger estava a salvo..." Mergulhou outra vez em seus pensamentos, mas enquanto entrávamos no Chalet, disse, com uma angústia obscura: "Eu tinha esquecido a quantidade de homens que...".

II

PHUONG CONSEGUIRA UMA MESA PERTO DA PISTA de dança e a orquestra tocava uma canção que fizera sucesso em Paris, cinco anos antes. Dois casais vietnamitas dançavam, com leveza, precisão, indiferença, e um ar de civilização que seríamos incapazes de igualar. (Reconheci um deles, um contador do Banque de l'Indochine e sua esposa.) A sensação que se tinha é de que nunca se vestiam com desmazelo, nem diziam a palavra errada, nem eram vítimas de paixão desenfreada. Se a guerra parecia medieval, eram como o futuro século XVIII. A pessoa poderia supor que o senhor Pham-Van-Tu escrevesse versos setecentistas nas horas livres, mas, como vim a saber, era um estudioso de Wordsworth e escrevia poemas sobre a natureza. Passava os feriados em Dalat, o mais próximo que podia conseguir da atmosfera dos lagos ingleses. Curvou-se ligeiramente quando passou por nós. Eu imaginava como Granger fizera para vencer os cinquenta metros até a rua.

Pyle, num mau francês, pedia desculpas a Phuong por tê-la feito esperar. "C'est impardonable", disse.

"Onde esteve?", ela perguntou.

Ele disse: "Pensei em levar Granger para casa".

"Casa?", eu disse, rindo, e Pyle me olhou como se eu fosse outro Granger. De repente me vi como ele me via, um homem de meia-idade, olhos um pouco injetados, começando a ganhar peso, desajeitado no amor, menos ruidoso que Granger, mas talvez mais cínico, menos inocente, e por um momento vi Phuong como a vira pela primeira vez, dançando ao passar por minha mesa no Grand Monde, com um vestido de baile branco, aos dezoito anos, observada por uma irmã mais velha determinada a obter um bom casamento europeu. Um americano comprara um bilhete e a convidara para dançar: estava um pouco bêbado — ainda que fosse inofensivo — e presumi que era novo no país e pensava que as recepcionistas

O AMERICANO TRANQUILO 45

do Grand Monde fossem prostitutas. Segurou-a apertado demais conforme rodopiaram pela pista na primeira vez, e então de repente lá estava ela, voltando a sentar-se com a irmã, e ele foi deixado, desamparado e perdido entre os pares, sem saber o que acontecera ou por quê. E a garota cujo nome eu não sabia ficou ali calmamente, bebericando seu suco de laranja, entregue apenas a si mesma.

"Peut-on avoir l'honneur?", disse Pyle com seu sotaque horrível, e no momento seguinte eu os via dançando em silêncio no outro lado do salão, Pyle segurando-a tão afastada de seu corpo que parecia que a qualquer momento perderiam o contato. Era um péssimo dançarino e ela fora a melhor dançarina que eu jamais vira em sua época no Grand Monde.

A corte fora longa e frustrante. Se ao menos houvesse lhe oferecido casamento e um lugar para ficar, tudo teria sido fácil, e a irmã mais velha sumiria de vista de maneira tranquila e discreta sempre que estivéssemos juntos. Mas três meses se passaram antes que eu pudesse vê-la a sós quando muito por um instante, em um balcão no Majestic, enquanto sua irmã no quarto ficava perguntando quando pretendíamos entrar. Um navio cargueiro vindo da França era descarregado no rio Saigon à luz bruxuleante, os sinos dos riquixás tocavam como telefones e, até onde posso dizer, devo ter me comportado como um jovem tolo e inexperiente. Voltei com desânimo para meu quarto na rue Catinat e jamais sonhei que quatro meses mais tarde ela estaria deitada ao meu lado, meio sem fôlego, rindo como que surpresa porque nada correra como havia esperado.

"Monsieur Fowlair" — eu estivera observando-os dançar e não percebi a irmã dela me acenando de outra mesa. Agora se aproximava e eu relutantemente a convidava a sentar. A amizade entre nós se tornou inviável desde a noite em que ficou doente no Grand Monde e eu levei Phuong para casa.

"Faz um ano que não o vejo", disse.

"Geralmente estou fora, em Hanói."

"Quem é seu amigo?", perguntou.

"Um homem chamado Pyle."

"O que ele faz?"

"É membro da Missão Econômica Americana. Sabe, esse tipo de coisa… máquinas de costura elétricas para costureiras famintas."

"Existem mulheres assim?"

"Sei lá."

"Mas elas não usam máquinas de costura. Não deve haver eletricidade no lugar onde vivem." A mulher levava tudo ao pé da letra.

"Vai ter de perguntar a Pyle", eu disse.

"Ele é casado?"

Olhei para a pista de dança. "Diria que aquilo é o mais próximo que ele já chegou de uma mulher."

"É um péssimo dançarino", disse ela.

"É."

"Mas seu aspecto é bom e confiável."

"É."

"Posso me juntar a vocês um pouco? Meus amigos são muito estúpidos."

A música cessou e Pyle fez uma mesura rígida para Phuong, então a acompanhou de volta à mesa e puxou sua cadeira. Dava para perceber que a formalidade a agradava. Fiquei pensando como sentira falta disso em sua relação comigo.

"Esta é a irmã de Phuong", eu disse a Pyle. "Senhorita Hei."

"Encantado em conhecê-la", disse, e corou.

"O senhor é de Nova York?", ela perguntou.

"Não. De Boston."

"Isso fica nos Estados Unidos, também?"

"Hã, é. Fica."

"Seu pai é um homem de negócios?"

"Na verdade, não. É professor."

"Professor?", disse ela, com um leve tom de decepção.

"Bem, uma espécie de autoridade, sabe? As pessoas o consultam."

"Sobre saúde? Ele é médico?"

"Não esse tipo de consulta. Mas sim uma autoridade em engenharia. Conhece tudo a respeito de erosão subaquática. Sabe o que é isso?"

"Não."

Pyle disse, numa débil tentativa de ser engraçado: "Bem, vou deixar isso para o papai explicar".

"Ele está aqui?"

"Oh, não."

"Mas está vindo?"

"Não. Foi só uma piada", disse Pyle, desculpando-se.

"Tem alguma outra irmã?", perguntei à srta. Hei.

"Não. Por quê?"

"Parece examinar os dotes núbeis do senhor Pyle."

"Tenho só uma irmã", disse a srta. Hei, e bateu a mão pesadamente no joelho de Phuong, como um juiz com seu martelinho pedindo ordem no tribunal.

"É uma irmã muito bonita", disse Pyle.

"É a garota mais bonita de Saigon", disse a srta. Hei, como se o estivesse corrigindo.

"Acredito nisso."

Eu disse: "Está na hora de pedir o jantar. Até mesmo a garota mais bonita de Saigon precisa comer".

"Não estou com fome", disse Phuong.

"Ela é delicada", prosseguiu firme a srta. Hei. Havia um tom de ameaça em sua voz. "Necessita de cuidados. Merece cuidados. É muito, muito leal."

"Meu amigo é um homem de sorte", disse Pyle, gravemente.

"Ela adora crianças", disse a srta. Hei.

Eu ri e meu olhar cruzou o de Pyle; ele me fitava com ar surpreso e chocado e de repente me ocorreu que estava genuinamente interessado no que a srta. Hei tinha a dizer. Enquanto pedia o jantar (embora Phuong houvesse dito que não tinha fome, sabia que era capaz de dar conta de um belo *steak tartare*, com dois ovos crus e tudo mais), escutei-o discutir a sério a questão das crianças. "Sempre achei que gostaria de ter uma porção de filhos", ele disse. "Uma família grande é um benefício maravilhoso. Contribui para a estabilidade do casamento. E também é bom para as crianças. Eu fui filho único. É uma grande desvantagem ser filho único." Eu jamais o ouvira falar tanto assim, antes.

"Qual a idade de seu pai?", perguntou a srta. Hei, com avidez.

"Sessenta e nove."

"Gente idosa adora netinhos. É muito triste que minha irmã não tenha pais para se alegrar com seus filhos. Quando esse dia chegar", acrescentou, lançando-me um olhar funesto.

"Assim como a senhorita", disse Pyle, um tanto desnecessariamente, achei.

"Nosso pai foi um homem de família muito bom. Um mandarim em Hué."

Eu disse: "Pedi o jantar para todos vocês".

"Para mim, não", disse a srta. Hei. "Devo voltar à mesa de meus amigos. Gostaria de ver o senhor Pyle outra vez. Quem sabe possa providenciar para que isso aconteça."

"Quando eu regressar do norte", eu disse.

"Está de partida para o norte?"

"Acho que chegou a hora de dar uma olhada na guerra."

"Mas a imprensa toda voltou", disse Pyle.

"É a melhor hora para mim. Não tenho de cruzar com Granger."

"Então o senhor precisa vir jantar comigo e minha irmã quando monsieur Fowlair houver partido." E acrescentou, com uma cortesia taciturna: "Só para animá-la".

Depois que se foi, Pyle disse: "Que mulher agradável e educada. E fala inglês tão bem".

"Conte a ele que minha irmã chegou a trabalhar em Cingapura", disse Phuong, com orgulho.

"Sério? Que tipo de negócio?"

Traduzi para ela. "Importação, exportação. Ela sabe taquigrafia."

"Seria bom se tivéssemos gente assim na Missão Econômica."

"Vou dizer isso a ela", disse Phuong. "Ia gostar de trabalhar para os americanos."

Depois do jantar, dançaram novamente. Também sou um mau dançarino, mas não sem consciência disso, como Pyle — ou será que era, fiquei pensando, na época em que me apaixonei por Phuong, no começo? Deve ter havido inúmeras ocasiões no Grand Monde, antes da noite memorável da doença da srta. Hei, quando dançara com Phuong só para ter a oportunidade de conversar com ela. Pyle não aproveitava a oportunidade, conforme giravam pela pista mais uma vez; estava um pouco mais relaxado, era tudo, e a segurava a uma distância um pouco menor do que um braço, mas permaneciam ambos em silêncio. De repente, observando os pés de Phuong, tão leves, precisos, mestres do vaivém dele, apaixonei-me outra vez. Mal pude crer que dentro de uma ou duas horas estaria voltando comigo ao quarto decrépito com banheiro coletivo e velhas acocoradas no patamar.

Desejei jamais ter ouvido os rumores sobre Phat Diem, ou que os rumores dissessem respeito a qualquer outra cidade que não aquela situada ao norte, onde minha amizade com um oficial da marinha francesa me permitiria entrar sorrateiramente, sem censura ou controle. Um furo jornalístico? Não nesses dias, quando o mundo todo só queria saber do que se passava na Coreia. Uma chance de morrer? Por que desejaria eu morrer, quando Phuong dormia ao meu lado todas as noites? Mas sabia a resposta a essa pergunta. Desde criança jamais acreditara na permanência e, contudo, sempre ansiara por isso. Sempre temi a perda da felicidade. Nesse mês, no ano seguinte, Phuong me deixaria. Se não no ano seguinte, dali a três anos. A morte era o único valor absoluto em meu mundo. Perca-se a vida e nada mais haverá para ser perdido, por todo o sempre. Eu invejava pessoas capazes de acreditar em Deus, e desconfiava delas. Sentia que mantinham a coragem graças a uma fábula do imutável e do permanente. A morte era uma certeza muito maior do que Deus e com a morte não haveria mais a possibilidade diária de amor perecível. O pesadelo de um futuro de tédio e indiferença se ergueria. Jamais poderia ter sido um pacifista. Matar um homem era certamente lhe conceder um incomensurável benefício. Ah, sim, em toda parte, as pessoas sempre amaram seus inimigos. São os amigos que elas preservam para a dor e o vazio.

"Perdoe-me por tirar a senhorita Phuong de você", disse a voz de Pyle.

"Ah, não sou nenhum dançarino, mas gosto de vê-la dançando." As pessoas sempre falavam dela dessa maneira, na terceira pessoa, como se não estivesse presente. Às vezes, parecia invisível, como a paz.

O primeiro cabaré da noite começou: um cantor, um malabarista, um comediante — este bastante obsceno, mas, quando olhei para Pyle, era óbvio que não conseguia acompanhar a linguagem. Sorria quando Phuong sorria e ria com desconforto quando eu ria. "Gostaria de saber por onde anda Granger", eu disse, e Pyle me fitou com reprovação.

Então foi a vez do grande número da noite: uma trupe de transformistas. Eu vira muitos deles ao longo do dia na rue Catinat, para cima e para baixo em suas calças e suéteres surrados, com uma dose de malícia na conversa, sacudindo os quadris. Agora, com vestidos de noite decotados, bijuterias, seios falsos, vozes roucas, pareciam no mínimo tão desejáveis quanto a maioria das mulheres europeias que havia em Saigon. Um grupo de jovens oficiais da Força Aérea assobiava para eles, que retribuíam com um sorriso glamouroso. Fiquei perplexo com a súbita violência de Pyle ao protestar. "Fowler", disse, "vamos embora. Já vimos o bastante, não acha? Isto não está nem um pouco apropriado para *ela*."

CAPÍTULO 4

I

DA TORRE DO SINO DA CATEDRAL, a batalha era no máximo pitoresca, estática como uma cena da Guerra dos Bôeres tirada de uma velha *Illustrade London News*. Um aeroplano lançava suprimentos de paraquedas a um posto isolado no calcaire, aquelas estranhas montanhas erodidas pelo clima na fronteira do Anã que se pareciam com pilhas de pedra-pomes, e como ele sempre voltava ao mesmo lugar para seu sobrevoo, podia jamais ter se movido, e o paraquedas estava sempre no mesmo ponto, a meio caminho do chão. Na planície, as explosões de morteiro eram ouvidas a um ritmo invariável, a fumaça sólida como uma rocha, e no mercado as chamas queimavam palidamente sob o sol. As figuras minúsculas dos paraquedistas se moviam em fila única ao longo dos canais, mas daquela altura pareciam imóveis. Até mesmo o padre sentado em um canto da torre nunca mudava de posição, conforme lia seu breviário. A guerra era muito limpa e ordenada àquela distância.

Eu chegara antes do alvorecer em uma barcaça de desembarque vinda de Nam Dinh. Não podíamos aportar na estação naval porque fora isolada pelo inimigo, que cercara completamente a cidade num raio de quase um quilômetro, de modo que o barco passou ao lado do mercado em chamas. Éramos um alvo fácil sob o clarão do fogo, mas por algum motivo ninguém disparou. Tudo estava quieto, a não ser pelos desabamentos e estalos das barracas que ardiam. Pude ouvir uma sentinela senegalesa na margem do rio mudar de posição.

Eu conhecera bem Phat Diem nos dias que precederam o ataque — a longa rua principal de barracas de madeira, cortada a cada cem metros por um canal, uma igreja e uma ponte. À noite a iluminação consistia apenas em velas ou pequenas lamparinas a óleo (não havia eletricidade em Phat Diem, a não ser nos alojamentos dos oficiais franceses) e dia e noite a rua era barulhenta e apinhada. A seu estranho modo medieval, sob a sombra e proteção do bispo regente, fora a cidade mais cheia de vida de todo o país e, agora, quando eu desembarcava e caminhava rumo aos alojamentos dos oficiais, era a mais morta. Borracha, vidro quebrado, cheiro de tinta e estuque queimados, a comprida rua vazia até onde a vista alcançava, aquilo me lembrava uma avenida londrina de manhã bem cedo após a sirene indicando o fim de um ataque aéreo: podia-se avistar a qualquer momento o cartaz de "bomba não detonada".

O muro frontal da moradia dos oficiais fora pelos ares e as casas do outro lado da rua estavam em ruínas. Descendo o rio desde Nam Dinh eu soubera pelo tenente Peraud o que acontecera. Era um jovem sério, franco-maçom, e para ele aquilo era como um julgamento sobre as superstições de seus companheiros. O bispo de Phat Diem certa vez visitara a Europa e lá se devotara a Nossa Senhora de Fátima — aquela visão da Virgem que aparecera, assim acreditavam os católicos, diante de um grupo de crianças em Portugal. Quando voltou a seu país, construiu uma gruta em homenagem a ela no terreno da catedral e todo ano celebrava seu dia com uma procissão. As relações com o coronel encarregado das tropas francesas e vietnamitas passaram a ficar tensas desde o dia em que as autoridades dispersaram o exército privado do bispo. Nesse ano o coronel — que tinha certa afinidade com o bispo, pois tanto para um como para outro seu país era mais importante que o catolicismo —, num gesto de amizade, caminhou com os oficiais superiores à testa da procissão. Nunca antes uma multidão tão grande se juntara em Phat Diem para honrar Nossa Senhora de Fátima. Até mesmo vários budistas — que compunham cerca de metade da população — não aguentaram se furtar à diversão, e os que não acreditavam nem em Deus nem em Buda acreditavam no entanto que, de algum modo, todos aqueles estandartes, incensórios, custódias douradas iriam manter a guerra longe de suas casas. O que restou do exército do bispo — a banda de metais — liderou a procissão e os oficiais franceses, demonstrando devoção por ordem do coronel, seguiram como coroinhas através do pórtico frontal rumo à catedral, passando pela estátua branca do Sagrado Coração, que ficava em uma ilha no laguinho diante do templo, e sob a torre do sino com asas orientais, para adentrar a catedral de madeira entalhada, com seus pilares gigantescos formados cada um de uma única árvore e o trabalho escarlate laqueado do altar, mais budista que cristão. De todos os vilarejos ao longo do canal, da paisagem de terras baixas onde os verdes brotos de arroz e a colheita dourada tomavam o lugar das tulipas e igrejas de moinhos, gente afluiu.

Ninguém notou os agentes vietminhs que também haviam se juntado à procissão e nessa noite, enquanto o principal batalhão comunista cruzava as gargantas no calcaire para ganhar a planície do Tonquim, observados pelo impotente posto avançado francês nas montanhas acima, os agentes de vanguarda atacaram Phat Diem.

Agora, após quatro dias, com a ajuda dos paraquedistas, o inimigo fora rechaçado por quase um quilômetro em torno da cidade. Era uma derrota: nenhum jornalista podia entrar, nenhum cabo, ser instalado, pois os jornais só deveriam noticiar as vitórias. As autoridades teriam me detido em Hanói se soubessem de minhas intenções, mas, quanto mais distante você está dos quartéis-generais, mais frouxo se torna o controle, até o momento em que, ao se ver ao alcance do fogo inimigo, passa a ser um convidado bem-vindo: o que constituía uma ameaça para o *état-major* em Hanói e uma preocupação para o coronel sobrecarregado em Nam Dinh, para o tenente no campo de batalha é uma piada, uma distração, um sinal de interesse do mundo exterior, de modo que por algumas abençoadas horas ele pode dramatizar um pouco sua situação e ver, sob uma falsa luz heroica, até mesmo os próprios mortos e feridos.

O padre fechou seu breviário e disse: "Bom, acabou". Era europeu, mas não francês, pois o bispo não teria tolerado um padre francês na diocese. Disse, justificando-se: "Tive de subir até aqui, sabe como é, para conseguir um pouco de sossego, com toda essa pobre gente". O som dos morteiros parecia se aproximar, ou talvez fosse o inimigo finalmente respondendo. A estranha dificuldade era encontrá-los: havia uma dúzia de estreitas frentes de batalha e, entre os canais, em meio às construções das fazendas e aos campos alagadiços, inumeráveis oportunidades para emboscadas.

Imediatamente sob nós se aglomerava toda a população de Phat Diem. Católicos, budistas, pagãos, todos haviam embrulhado suas posses mais preciosas — um fogão, uma lamparina, um espelho, um guarda-roupa, esteiras, um retrato sagrado — e se refugiado no terreno da catedral. Ali no norte fazia um frio cortante quando caía a escuridão e a catedral já estava lotada: não havia mais onde se abrigar; até mesmo na escadaria da torre do sino cada degrau fora ocupado e o tempo todo mais gente sem cessar atravessava o pórtico, carregando bebês e utensílios domésticos. Acreditavam, fosse qual fosse a religião, que ali estariam a salvo. Enquanto observávamos, um jovem portando um fuzil e vestido com uniforme vietnamita abriu caminho aos trancos; foi detido por um padre, que tirou a arma de suas mãos. O padre a meu lado disse, à guisa de explicação: "Somos neutros, aqui. Isto é território do Senhor". Pensei: Que estranha e pobre população Deus tem em seu reino —

assustada, com frio, faminta. "Não sei como vamos alimentar esta gente", disse o padre. — É de se imaginar que um grande Rei faria algo melhor. Mas daí pensei: É sempre a mesma coisa, aonde quer que a gente vá — os soberanos mais poderosos nunca governam as populações mais felizes.

Pequenas vendas já haviam sido montadas lá embaixo. Eu disse: "É como uma enorme feira, não é? Mas sem um único rosto sorridente".

O padre disse: "Passaram um frio terrível na noite anterior. Temos de manter as portas do mosteiro fechadas ou ficaremos superlotados".

"Todo mundo consegue se aquecer aqui dentro?"

"Não muito. E não teríamos espaço para um décimo deles", prosseguiu. "Sei o que está pensando. Mas é crucial que alguns de nós se preservem. Temos o único hospital de Phat Diem e as únicas enfermeiras são estas freiras."

"E o cirurgião?"

"Faço o que posso." Notei sua sotaina salpicada de sangue.

Ele disse: "Subiu aqui para me encontrar?".

"Não. Queria me situar melhor."

"Perguntei porque veio um homem aqui ontem à noite. Queria se confessar. Estava um pouco assustado, sabe, com o que viu ao longo do canal. Ninguém pode culpá-lo."

"A coisa está ruim por lá?"

"Os paraquedistas os pegaram num fogo cruzado. Pobres coitados. Achei que talvez estivesse sentindo o mesmo."

"Não sou católico. Acho que não posso ser chamado nem mesmo de cristão."

"O medo faz coisas estranhas com um homem."

"Comigo não faria nunca. E, ainda que acreditasse em Deus ou no que quer que fosse, odiaria a ideia da confissão. Ajoelhar num de seus cubículos. Me expor a outro homem. Vai me desculpar, padre, mas isso parece mórbido… pouco viril, até."

"Ah", ele disse, com jovialidade, "imagino que seja um homem bom. Acho que nunca teve muito do que se arrepender."

Fitei as igrejas, onde havia algumas escaramuças a intervalos regulares entre os canais, em direção ao mar. Uma luz relampejou na segunda torre. Eu disse: "Nem todas suas igrejas permaneceram neutras".

"Não é possível", ele disse. "Os franceses concordaram em deixar em paz o terreno da catedral. Não podemos pedir mais. Aquilo que está vendo é um posto da Legião Estrangeira."

"Vou até lá. Até logo, padre."

"Até logo e boa sorte. E cuidado com os atiradores de tocaia."

Tive de abrir caminho em meio à multidão para sair e passar pelo lago e a estátua branca com seus melosos braços abertos, a fim de ganhar a longa rua. Dava para enxergar pouco mais de um quilômetro em cada direção e, por toda essa extensão, avistei apenas dois outros seres vivos além de mim mesmo — dois soldados com capacetes camuflados, afastando-se vagarosamente no fim da rua, as Sten de prontidão. Digo vivos porque, sob uma porta, com a cabeça na rua, havia um corpo caído. O zumbido das moscas ali reunidas e o tamborilar cada vez mais fraco das botas dos soldados eram os únicos sons. Passei pelo corpo rapidamente, virando a cabeça para o outro lado. Alguns minutos depois, quando olhei para trás, vi-me inteiramente a sós com minha própria sombra e nenhum outro ruído a não ser os sons que eu próprio fazia. Fiquei com a sensação de ser um alvo ao alcance de um tiro. Ocorreu-me que, se alguma coisa me acontecesse naquela rua, poderiam se passar horas e horas até ser recolhido: tempo para juntar moscas.

Após cruzar dois canais, tomei um desvio que levava a uma igreja. Uma dúzia de homens sentava-se no chão, com o uniforme camuflado dos paraquedistas, enquanto dois oficiais examinavam um mapa. Ninguém prestou a menor atenção em mim quando me juntei ao grupo. Um homem, portando a longa antena de um *walkie-talkie*, disse: "Podemos prosseguir, agora", e todos se puseram de pé.

Perguntei-lhes, em meu francês ruim, se poderia acompanhá-los. Uma vantagem dessa guerra era que um rosto europeu no campo de batalha representava por si mesmo um passaporte: um europeu não poderia ser suspeito de agente inimigo. "Quem é você?", perguntou o tenente.

"Estou escrevendo sobre a guerra", eu disse.

"Americano?"

"Não, inglês."

Ele disse: "O negócio não tem grande importância, mas se quer vir conosco…". Fez menção de tirar o capacete de metal. "Não, não", eu disse, "isto é para os combatentes."

"Como achar melhor."

Partimos por trás da igreja em fila única, o tenente encabeçando o grupo, e nos detivemos um momento à margem de um canal para que o soldado com o *walkie-talkie* fizesse contato com as patrulhas de ambos os flancos. Os projéteis dos morteiros voavam acima de nossas cabeças e explodiam em um lugar onde a vista não alcançava. Havíamos nos reunido a alguns outros atrás da igreja e éramos agora uma força com cerca de trinta homens. O tenente me explicou em voz baixa, espetando um dedo no mapa: "Fomos informados de que há trezentos neste vilarejo aqui. Talvez se agrupando para esta noite. Não sabemos. Ninguém os encontrou ainda".

"Qual a distância?"

"Trezentos metros."

O rádio transmitiu umas palavras e prosseguimos em silêncio: à direita o canal, uma linha reta; à esquerda, arbustos baixos, campos e mais arbustos, outra vez. "Tudo limpo", sussurrou o tenente com um aceno reconfortante, conforme começamos a nos mover. Quarenta metros adiante, outro canal surgiu na nossa frente, com o que restara de uma ponte, uma única prancha sem parapeito. O tenente fez um sinal para que entrássemos em formação e enfrentamos de cócoras o território desconhecido, seguindo por cerca de dez metros ao longo da prancha. Os homens fitaram a água e então, como que obedecendo a uma ordem, todos desviaram o olhar de uma vez. Por um momento, não percebi o que haviam visto, mas, quando vi, minha mente retrocedeu, não sei por que, para o Chalet, os transformistas, os jovens soldados assobiando, Pyle dizendo "Isto não está nem um pouco apropriado...".

O canal estava cheio de corpos; vem-me à mente agora um guisado irlandês transbordando de carne. Os corpos se sobrepunham: uma cabeça cinza-foca, anônima como um condenado com o couro raspado, despontava na água, parecendo uma boia. Não havia sangue: presumo que fluíra com a correnteza muito tempo antes. Não faço ideia de quantos eram: deviam ter sido pegos num fogo cruzado, tentando voltar, e acho que todos os nossos homens ao longo da margem pensaram: "Quem com ferro fere, com ferro será ferido". Também desviei os olhos; não queríamos ser lembrados de quão pouco contávamos, quão rápido, fácil e anonimamente vinha a morte. Ainda que minha razão aspirasse ao estado de morto, eu tinha medo do ato como uma virgem. Gostaria que a morte viesse com o devido aviso, para que eu pudesse me preparar. Para quê? Não sei, nem como, exceto dando uma olhada em torno para o pouco que estaria deixando.

O tenente sentou ao lado do homem com o *walkie-talkie* e fitou o chão entre seus pés. O aparelho começou a estalar instruções e, com um suspiro, como que voltando de um sono, ele ficou de pé. Havia um estranho companheirismo em todos os movimentos do grupo, como se fossem iguais envolvidos em uma tarefa que haviam realizado em tempos imemoriais. Ninguém aguardava que lhes fosse dito o que fazer. Dois homens alcançaram a prancha e tentaram cruzá-la, mas perderam o equilíbrio com o peso das armas e tiveram de sentar com uma perna de cada lado e vencer a distância centímetro por centímetro. Outro homem encontrou uma chalana escondida em uns arbustos dentro do canal e a arrastou até onde estava o tenente. Seis de nós entramos e ele começou a impulsioná-la com a vara em direção à margem oposta, mas topamos com um baixio de corpos e ficamos presos. Ele empurrou a vara, enterrando-a naquela argila humana, e um corpo se soltou e saiu flutuando de comprido ao lado do barco, como um banhista ao sol. Então ficamos livres outra vez e, ao atingir o outro lado, saímos cambaleando, sem olhar para trás. Nenhum tiro fora disparado: estávamos vivos; a morte retrocedera um pouco, talvez até o próximo canal. Ouvi logo atrás de mim alguém dizer, com grande seriedade: "Gott sei dank". Exceto pelo tenente, eram na maioria alemães.

Mais à frente havia uma série de construções rurais; o tenente entrou primeiro, rente à parede, e nós o seguimos em intervalos de uns dois metros numa fila única. Então os homens, mais uma vez sem que se desse ordem, dispersaram-se pela fazenda. A vida desertara do local — nem ao menos uma galinha havia sido deixada para trás, embora dependuradas na parede do que fora a sala de estar houvesse duas oleografias medonhas do Sagrado Coração e da Virgem com Menino, que emprestavam ao decrépito conjunto de prédios um ar europeu. Dava para saber no que acreditavam aquelas pessoas mesmo sem compartilhar de sua crença: eram seres humanos, não simplesmente cadáveres secos e cinzentos.

Grande parte da guerra é ficar sentado e não fazer nada, à espera de alguma outra pessoa. Sem garantia do tempo que lhe resta, não parece valer a pena iniciar nem ao menos um curso de pensamentos, que seja. Uma vez tendo feito o que já tinham feito tantas vezes antes, as sentinelas partiram. Tudo que se movesse na nossa frente, dali por diante, era o inimigo. O tenente assinalou algo no mapa e relatou nossa posição pelo rádio. Uma quietude de meio-dia nos envolveu: até os morteiros silenciaram e o ar ficou livre de aviões. Um dos homens rabiscou algo com um graveto na lama do terreiro. Após algum tempo, foi como se a guerra nos tivesse esquecido. Eu esperava que Phuong tivesse mandado meus ternos para lavar. Um vento frio soprou a palha no chão da fazenda e um dos homens se dirigiu discretamente aos fundos do celeiro para se aliviar. Tentei me lembrar se havia pago ao cônsul britânico em Hanói pela garrafa de uísque que me conseguira.

Dois tiros foram disparados à nossa frente, e pensei "Pronto. É agora". Era todo o aviso que eu queria. Aguardei, com uma sensação de júbilo, a coisa permanente.

Mas nada aconteceu. Outra vez, eu me "preparara demais para o evento". Somente longos minutos depois disso uma das sentinelas entrou e relatou algo ao tenente. Captei a expressão "deux civils".

O tenente me disse "Vamos lá ver", e seguindo a sentinela abrimos caminho em meio a uma trilha fechada e lamacenta entre dois campos cultivados. Vinte metros após as construções da fazenda, em uma vala estreita, topamos com o que procurávamos: uma mulher e um menino. Estavam sem dúvida mortos: um coágulo de sangue pequeno e nítido na testa da mulher, e a criança poderia estar dormindo. Tinha cerca de seis anos de idade e jazia como um feto no útero, com os pequenos joelhos ossudos dobrados. "Mal chance", disse o tenente. Curvou-se e virou a criança. O menino usava uma medalha religiosa em torno do pescoço, e eu disse comigo mesmo, "O amuleto não funcionou". Havia um naco de pão mordido sob seu corpo. Pensei: "Odeio a guerra".

O tenente disse "Já viu o bastante?", em tom feroz, quase como se eu fosse o responsável por aquelas mortes. Talvez, para o soldado, o civil seja aquele que o emprega para matar, que inclui a culpa do homicídio em seu contracheque e se furta à responsabilidade. Caminhamos de volta à fazenda e voltamos a nos sentar em silêncio sobre a palha, protegidos do vento, que, como um animal, parecia saber que a noite se aproximava. O homem que rabiscara na lama agora se aliviava e o homem que se aliviara rabiscava na lama. Pensei no modo como, num desses momentos de tranquilidade, após as sentinelas terem assumido seus postos, deviam ter achado seguro sair da vala. Fiquei imaginando se haviam permanecido ali por muito tempo — o pão estava muito seco. A fazenda provavelmente era sua casa.

O rádio entrara novamente em ação. O tenente disse, com ar cansado: "Vão bombardear o lugar. Chamaram patrulhas para a noite". Erguemo-nos e começamos a jornada de volta, contornando outra vez a vau de corpos, passando pela igreja em fila única. Não havíamos nos distanciado muito e, contudo, parecera uma jornada bastante longa de se fazer para ter como único resultado o morticínio daqueles dois. Os aviões subiram e às nossas costas o bombardeio começou.

Quando cheguei aos alojamentos dos oficiais, onde iria passar a noite, caíra a escuridão. A temperatura era de apenas um grau acima de zero e a única fonte de calor era o mercado em chamas. Com uma parede destruída por uma bazuca e as portas retorcidas, as cortinas de lona eram incapazes de manter as correntes de ar do lado de fora. O gerador de eletricidade não funcionava e tivemos de construir barricadas com caixas e livros a fim de manter as velas acesas. Joguei *quatre cent vingt-et-un* usando dinheiro comunista com um certo capitão Sorel: não era possível jogar apostando bebidas, pois eu era um convidado no rancho. A sorte ia e vinha, monótona. Abri minha garrafa de uísque para tentar nos aquecer um pouco e os outros se juntaram em torno. O coronel disse: "Este é o primeiro copo de uísque que tomo desde que saí de Paris".

Um tenente chegou, vindo da ronda das sentinelas. "Quem sabe a noite vai ser tranquila", disse.

"Não vão atacar antes das quatro", disse o coronel. "Tem uma arma?", ele perguntou.

"Não."

"Vou lhe arranjar uma. É melhor guardar debaixo do travesseiro." E acrescentou, com cortesia: "Receio que vá achar seu colchão um pouco duro. E às três e meia começarão os morteiros. Tentamos quebrar todo foco de concentração".

"Por quanto tempo acha que isso vai durar?"

"Quem sabe? Não dá para poupar mais nenhuma tropa de Nam Dinh. Isto aqui é só uma ação diversionária. Se pudermos aguentar sem outra ajuda além da que recebemos há dois dias, pode-se dizer que é uma vitória."

O vento recrudesceu, à espreita de entrar. A cortina de lona cedeu (lembrei-me de Apolônio sendo esfaqueado atrás da tapeçaria) e a vela tremulou. As sombras eram teatrais. Podíamos ser uma companhia de atores mambembes.

"Seus postos resistiram?"

"Até onde sabemos." Passando uma sensação de grande cansaço, disse: "Isto não é nada, compreende, um negócio sem a menor importância, comparado com o que está acontecendo a cem quilômetros daqui, em Hoa Binh. Aquilo sim é uma batalha".

"Outro copo, coronel?"

"Obrigado, não. Este seu uísque inglês é maravilhoso, mas é melhor guardar um pouco para a noite, caso precisemos. Se me dá licença, acho que vou dormir um pouco. Não dá pra dormir depois que os morteiros começam. Capitão Sorel, cuide para que monsieur Fowlair tenha tudo de que necessita, uma vela, fósforos, um revólver." Entrou em seu quarto.

Era a deixa para todos nós. Haviam estendido um colchão para mim na pequena despensa e me vi cercado por caixotes de madeira. Permaneci acordado por muito pouco tempo — a dureza do piso era como uma trégua. Pensei, estranhamente sem sentir ciúme, se Phuong estava no apartamento. A posse de um corpo nessa noite parecia uma coisa ínfima — talvez nesse dia eu houvesse avistado demasiados corpos que não pertenciam a ninguém, nem a si mesmos. Éramos todos peças dispensáveis. Quando adormeci, sonhei com Pyle. Ele dançava sozinho sobre um palco, rígido, com os braços estendidos para uma parceira invisível, e eu ficava sentado e o observava de um banquinho de música com uma arma na mão, para o caso de alguém vir a interferir em sua dança. Em um programa montado no palco, como os números de um cabaré inglês, lia-se, "The Dance of Love 'A' certificate". Alguém se moveu no fundo do teatro e apertei minha arma com mais força. Então acordei.

Minha mão estava sobre a arma que haviam me emprestado e um homem parou sob a porta com uma vela na mão. Usava um capacete de metal que lançava uma sombra em seus olhos e foi apenas quando falou que descobri se tratar de Pyle. Disse, timidamente: "Mil perdões por tê-lo acordado. Disseram-me que poderia dormir aqui".

Eu ainda não despertara de todo. "Onde conseguiu este capacete?", perguntei.

"Ah, alguém me emprestou", disse de modo vago. Arrastou de trás de si uma mochila militar e começou a tirar um saco de dormir forrado de lã.

"Está muito bem equipado", eu disse, tentando me lembrar por que qualquer um de nós deveria estar ali.

"É o kit de viagens padrão", ele disse, "de nossas equipes de auxílio médico. Emprestaram-me um, em Hanói." Puxou uma garrafa térmica e um pequeno fogão com espiriteira, uma escova de cabelo, um estojo de barbear e uma lata de ração. Olhei meu relógio. Eram quase três da manhã.

II

PYLE CONTINUAVA A DESFAZER A MOCHILA. Montou uma pequena prateleira com as caixas, onde pôs seu espelho de barba e os apetrechos. Eu disse: "Duvido que vá conseguir alguma água".

"Ah", ele disse, "tenho o suficiente na garrafa térmica para usar de manhã." Sentou-se em seu saco de dormir e começou a arrancar as botas.

"Como cargas-d'água veio parar aqui?", perguntei.

"Levaram-me até Nam Dinh para ver nossa equipe de tracoma e depois aluguei um barco."

"Um barco?"

"É, uma espécie de chalana... não sei o nome daquilo. Para falar a verdade, tive de comprá-lo. Não custou muito."

"E desceu o rio sozinho?"

"Sabe, não foi assim tão difícil. A correnteza estava a meu favor."

"Você é louco."

"Ah, não. O único perigo verdadeiro era ficar encalhado."

"Ou ser alvejado por uma patrulha naval, ou um avião francês. Ou ter a garganta cortada pelos vietminhs."

Ele sorriu com timidez. "Bom, seja como for, aqui estou eu", disse.

"Por quê?"

"Ah, por dois motivos. Mas não quero mantê-lo acordado."

"Não estou com sono. Os canhões vão começar logo, logo."

"Incomoda-se se eu mudar a vela de lugar? Está um pouco claro demais aqui." Parecia nervoso.

"Qual a primeira razão?"

"Bem, outro dia você me fez achar que este lugar era bem interessante. Você se lembra, quando estávamos com Granger... e Phuong."

"E?"

"Achei que devia dar uma olhada. Para dizer a verdade, senti um pouco de vergonha de Granger."

"Sei, sei. Foi simples assim."

"Bom, não havia nenhuma dificuldade real, havia?" Começou a brincar com o cadarço das botas e houve um longo silêncio. "Não estou sendo inteiramente honesto", disse, enfim.

"Não?"

"Vim na verdade para vê-lo."

"Veio até aqui para me ver?"

"É."

"Por quê?"

Ergueu os olhos dos cadarços, aflito de vergonha. "Tenho de lhe contar... estou apaixonado por Phuong."

Eu ri. Não pude evitar. Ele foi tão inesperado e sério. Eu disse: "Não dava para ter esperado até que eu voltasse? Devo estar em Saigon na semana que vem".

"Você podia ter sido morto", ele disse. "Não teria sido decente. E, depois, não sei se eu conseguiria ficar longe de Phuong todo esse tempo."

"Quer dizer, você *ficou* longe?"

"Claro. Você acha que eu teria contado a ela... sem que você soubesse?"

"É o que alguém pensaria", eu disse. "Quando isso aconteceu?"

"Acho que foi naquela noite no Chalet, dançando com ela."

"Eu jamais teria imaginado que se aproximou o suficiente."

Fitou-me de um jeito desconcertado. Se sua conduta parecia absurda para mim, a minha era obviamente inexplicável para ele. Disse: "Sabe, acho que foi quando vi todas aquelas garotas naquela casa. Eram tão bonitas. Puxa, ela podia ter estado entre elas. Eu queria protegê-la".

"Não acho que precise de proteção. A senhorita Hei o convidou para sair?"

"Sim, mas não fui. Me mantive à distância." Disse, com ar melancólico: "Tem sido terrível. Sinto-me um crápula, mas sei que acredita em mim, não é, que se fosse casado... bem, eu jamais teria ficado entre um marido e sua esposa".

"Parece bastante seguro de que pode ficar entre nós", eu disse. Pela primeira vez, conseguira me irritar.

"Fowler", disse, "não sei seu primeiro nome..."

"Thomas. Por quê?"

"Posso chamá-lo de Tom, não posso? Sinto que de certo modo isso nos deixa em bons termos um com outro. Amar a mesma mulher, quero dizer."

"O que fará agora?"

Sentou-se com entusiasmo nos caixotes. "Tudo parece diferente, agora que você sabe", disse. "Vou pedir a ela que se case comigo, Tom."

"Preferia que me chamasse de Thomas."

"Ela vai ter que escolher entre um de nós, Thomas. É bastante justo."

Mas era justo? Senti, pela primeira vez, o calafrio premonitório da solidão. Era tudo tão fantástico, e contudo... Ele podia ser um amante pobre, mas eu era o pobre coitado. Ele tinha em suas mãos a riqueza infinita da respeitabilidade.

Começou a se despir e pensei, "Tem a juventude, também". Como era triste invejar Pyle.

Eu disse: "Não posso me casar com ela. Tenho esposa em meu país. Ela jamais me concederia o divórcio. É religiosa, da Alta Igreja... se é que entende o que isso quer dizer".

"Lamento, Thomas. A propósito, meu nome é Alden, se não se importa..."

"Prefiro ficar com Pyle", eu disse. "Penso em você como Pyle."

Ele se enfiou em seu saco de dormir e esticou a mão em direção à vela. "Ufa!", disse, "estou feliz que esteja terminado, Thomas. Estava me sentindo péssimo em relação a tudo isso." Era mais do que evidente que já não se sentia mais.

Quando a vela apagou, mal dava para ver a silhueta à escovinha de sua cabeça contra a luz das chamas, lá fora. "Boa noite, Thomas. Durma bem", e com essas palavras, imediatamente, como se fosse uma deixa de comédia barata, o fogo dos morteiros começou, zumbindo, guinchando, explodindo.

"Deus do Céu", Pyle disse, "é um ataque?"

"Estão tentando deter um ataque."

"Bem, acho que nada de sono para nós, agora."

"Nada de sono."

"Thomas, quero que saiba o que penso sobre o modo como recebeu tudo isso... acho que tem sido magnífico, magnífico, não tenho outra palavra para descrever."

"Obrigado."

"Você conheceu o mundo muito mais que eu. Sabe, de certo modo, Boston é um pouco... paralisante. Mesmo que a pessoa não seja um Lowell ou um Cabot. Gostaria de ouvir seu conselho, Thomas."

"Sobre o quê?"

"Phuong."

"Eu não confiaria em meu conselho, se fosse você. Sou suspeito. Quero que ela continue comigo."

"Ah, mas sei que você é correto, absolutamente correto, e ambos temos o bem-estar dela em mente."

De repente, não pude mais aturar seu caráter pueril. Disse: "Não dou a mínima para o bem-estar dela. Pode ficar com ele. Só quero seu corpo. Quero-a na cama comigo. Prefiro arruiná-la e dormir com ela a... a... cuidar de seu maldito bem-estar".

Ele disse, "Oh", com voz débil, na escuridão.

Continuei: "Se é apenas com o bem-estar dela que está preocupado, pelo amor de Deus, deixe Phuong em paz. Como qualquer outra mulher, ela prefere muito mais um bom...". A explosão de um morteiro poupou os ouvidos bostonianos da palavra anglo-saxã.

Mas havia algo de implacável em Pyle. Havia se decidido que eu me comportava bem, então, eu tinha de me comportar bem. Ele disse: "Sei que está sofrendo, Thomas".

"Não estou sofrendo."

"Ah, está, você está. Eu sei como eu sofreria se tivesse de abrir mão de Phuong."

"Mas eu não abri mão dela."

"Eu também sou bastante físico, Thomas, mas abriria mão de toda esperança disso se pudesse ver Phuong feliz."

"Ela é feliz."

"Não pode ser... não nesta situação. Ela precisa de filhos."

"Acredita mesmo em toda essa bobagem que a irmã dela..."

"Uma irmã às vezes não se deixa levar..."

"Ela só queria vender a ideia a você, Pyle, porque acha que tem mais dinheiro. E, meu Deus, não é que vendeu mesmo?"

"Tudo que tenho é meu salário."

"Bem, de um jeito ou de outro, você tem uma taxa de câmbio favorável."

"Não seja amargo, Thomas. Essas coisas acontecem. Eu gostaria que tivesse acontecido com qualquer um, menos com você. Esses morteiros são nossos?"

"Isso, 'nossos' morteiros. Você fala como se ela estivesse me largando, Pyle."

"Claro", ele disse, sem convicção, "ela pode preferir ficar com você."

"O que você faria, nesse caso?"

"Pediria transferência."

"Por que simplesmente não vai embora, Pyle, sem causar problemas?"

"Isso não seria justo com ela, Thomas", ele disse, muito sério. Nunca conheci um homem que tivesse motivos melhores para todos os problemas que causava. Ele acrescentou: "Acho que você não entende Phuong totalmente".

E acordando naquela manhã, meses mais tarde, com Phuong a meu lado, pensei: "E você por acaso a entendia? Poderia ter previsto esta situação? Phuong feliz e adormecida a meu lado e você morto?". O tempo traz a vingança, mas a vingança muitas vezes parece azeda. Não faríamos melhor todos nós em não tentar entender, aceitando o fato de que nenhum ser humano jamais compreenderá o outro: uma esposa, o marido, um homem, sua amante, um pai, o filho? Talvez seja por isso que o ser humano inventou Deus — um ser dotado de compreensão. Talvez, se eu quisesse ser entendido, ou entender, eu me iludisse com alguma crença, mas sou um repórter; Deus existe apenas para editorialistas.

"Tem certeza de que há grande coisa a ser entendida?", perguntei a Pyle. "Oh, em nome de Deus, vamos tomar um uísque. Está barulhento demais para discussões."

"É um pouco cedo", disse Pyle.

"É muito tarde, droga!"

Servi dois copos e Pyle ergueu o seu e fitou a luz da vela através do uísque. Sua mão tremia cada vez que uma bomba explodia e, contudo, fizera aquela viagem absurda desde Nam Dinh.

Pyle disse: "Que coisa estranha nenhum de nós poder dizer 'Boa sorte'". Assim, bebemos sem dizer palavra.

CAPÍTULO 5

I

Eu havia pensado que ficaria apenas uma semana longe de Saigon, mas se passariam quase três semanas até que estivesse de volta. Em primeiro lugar, sair da região de Phat Diem provou ser mais difícil do que entrar. A estrada estava interrompida entre Nam Dinh e Hanói e não se podia reservar transporte aéreo para um repórter que nem ao menos deveria estar ali. Depois, quando cheguei a Hanói, os correspondentes haviam voado até lá para cobrir a última vitória e o avião que os levou de volta não tinha vaga para mim. Pyle foi embora de Phat Diem na mesma manhã em que chegou: cumprira sua missão — conversar comigo sobre Phuong — e não havia nada que o retivesse ali. Deixei-o dormindo quando o fogo dos morteiros cessou, às cinco e meia, e, ao voltar após uma xícara de café e alguns biscoitos no rancho, ele não estava mais. Presumi que saíra para uma caminhada — depois de descer todo o rio empurrando um barco com uma vara desde Nam Dinh, não seriam alguns atiradores de tocaia que o assustariam; era incapaz de imaginar dor ou perigo para si mesmo, assim como era incapaz de conceber a dor que podia causar aos outros. Em certa ocasião — mas isso foi meses depois — perdi o controle e meti seu pé nela, na dor, quero dizer, e lembro-me de como se virou e fitou o sapato manchado com perplexidade, dizendo, "Melhor eu providenciar um engraxate, antes de ver o ministro". Eu sabia que já fazia suas frases no estilo que aprendera com York Harding. Contudo, era sincero, a seu modo; não passou de coincidência que os sacrifícios fossem todos pagos pelos outros, até a noite derradeira, sob a ponte para Dakow.

Foi somente quando regressei a Saigon que descobri como Pyle, enquanto eu tomava meu café, havia persuadido um jovem oficial da marinha a transportá-lo clandestinamente em uma barcaça de desembarque que, após um patrulhamento rotineiro, deixou-o em Nam Dinh. A sorte estava com ele e regressou a Hanói com sua equipe de tracoma vinte e quatro horas antes que a estrada fosse oficialmente dada como interrompida. Quando consegui chegar a Hanói, ele já partira para o sul, deixando-me um bilhete com o barman do acampamento da imprensa.

"Caro Thomas", escreveu, "mal posso dizer como você foi magnífico na noite passada. Posso lhe dizer que estava com o coração na boca quando entrei naquele quarto à sua procura." (E onde estava ele na longa jornada de barco rio abaixo?) "Poucos homens teriam recebido a coisa toda tão calmamente. Você foi grande e não me sinto nem metade detestável do que me sentia antes, agora que lhe contei." (Era o único que contava?, pensei, com raiva, e contudo sabia que não queria dizer isso. Para ele, a história toda seria mais feliz tão logo não se sentisse detestável — eu seria mais feliz, Phuong seria mais feliz, o mundo inteiro seria mais feliz, até o adido econômico e o ministro. A primavera chegara à Indochina, agora que Pyle não era mais detestável.) "Esperei-o aqui por vinte e quatro horas, mas não conseguirei voltar a Saigon por uma semana se não partir hoje, e meu verdadeiro trabalho está no sul. Disse aos rapazes que cuidam das equipes de tracoma para procurá-lo — vai gostar deles. Os rapazes são ótimos e estão fazendo um trabalho digno de homens. Não se preocupe, de maneira alguma, por eu estar voltando para Saigon antes de você. Prometo que não vou procurar Phuong até seu regresso. Não quero que sinta mais tarde que fui incorreto, de modo algum. Cordialmente, Alden."

Outra vez aquele calmo pressuposto de que "mais tarde" seria eu quem perderia Phuong. Estará a confiança baseada em uma taxa de câmbio? Costumávamos falar em qualidades esterlinas. Será que teremos de falar agora em amor dolarizado?* Um amor dolarizado incluiria, é claro, casamento, filho, Dia das Mães, ainda que mais tarde pudesse incluir Reno, as Ilhas Virgens ou seja lá aonde vão hoje em dia para seus divórcios. Um amor dolarizado tem boas intenções, consciência limpa, e para o diabo com todo mundo. Mas meu amor não tinha intenção alguma: ele sabia do futuro. Tudo que se podia fazer era tentar tornar o futuro menos custoso, minimizá-lo delicadamente, quando viesse, e até o ópio tinha seu valor nisso. Mas jamais previ que o primeiro futuro que teria de recair sobre Phuong seria a morte de Pyle.

Fui — na falta de coisa melhor para fazer — à coletiva de imprensa. Granger, é claro, estava lá. Era presidida por um jovem coronel francês, excessivamente belo. Ele falava em francês e um oficial subordinado traduzia. Os correspondentes franceses estavam sentados juntos, como uma equipe rival de futebol. Achei difícil manter a mente concentrada no que o coronel dizia: o tempo todo divagava para Phuong e um único pensamento — suponha que Pyle esteja certo e eu a perca; para onde ir, então?

O intérprete disse: "O coronel está contando que o inimigo sofreu uma terrível derrota e perdas severas… o equivalente a um batalhão completo. Os últimos destacamentos estão neste momento voltando pelo rio Vermelho em balsas improvisadas. São bombardeados sem cessar pela Força Aérea". O coronel alisou o elegante

---

* O autor joga com a palavra *sterling* – termo que designa a moeda inglesa e é também adjetivo para "nobre", "de ouro" – e a expressão por ele cunhada *"dollar love"*. (N. T.)

O AMERICANO TRANQUILO   75

cabelo amarelo e, com um floreio do ponteiro em sua mão, traçou um caminho serpenteante nos compridos mapas dependurados na parede. Um correspondente americano perguntou: "Quais são as perdas dos franceses?".

O coronel sabia perfeitamente bem o significado da questão, que geralmente era feita neste estágio da coletiva, mas ele fez uma pausa, segurando o ponteiro ereto, com um sorriso educado, como um professor popular, até que fosse traduzida. Então respondeu com ambiguidade paciente.

"O coronel diz que nossas perdas não foram pesadas. O número exato ainda não é conhecido."

Esta sempre era a deixa para os problemas. A gente pensava que mais cedo ou mais tarde o coronel encontraria uma fórmula para lidar com a classe rebelde ou que o diretor da escola designaria um membro de sua equipe que fosse mais eficiente em manter a ordem.

Com paciência, o coronel teceu sua teia evasiva, que, ele o sabia perfeitamente bem, seria destruída outra vez com outra pergunta. Os correspondentes franceses permaneciam sentados em silêncio melancólico. Se os correspondentes americanos conseguissem levar o coronel a se entregar, com suas estocadas, eles aproveitariam no ato, mas não iriam se juntar ao cerco verbal contra seu conterrâneo.

"O coronel afirma que as forças inimigas estão sendo aniquiladas. É possível contar os mortos atrás da linha de fogo, mas, enquanto a batalha continua em curso, não se pode esperar contagens vindas das unidades francesas de vanguarda."

"Não se trata do que esperamos", disse Granger, "mas sim do que o *état-major* sabe ou não. Está falando sério quando diz que os pelotões não informam as baixas por *walkie-talkie* à medida que elas ocorrem?"

A disposição do coronel começava a ruir. Se ao menos, pensei, houvesse pago para ver desde o início e nos dissesse com firmeza que tinha conhecimento dos números, mas que não diria... Afinal, a guerra era deles, não nossa. Não tínhamos nenhum direito divino à informação. Não tínhamos de combater deputados de esquerda em Paris, bem como as tropas de Ho Chi Minh entre os rios Vermelho e Negro. Não estávamos morrendo.

De repente, o coronel tirou da cartola a informação de que as baixas francesas haviam sido em proporção de um para três, e nos deu as costas, para se concentrar furiosamente em seu mapa. Aqueles mortos eram seus homens, oficiais iguais a ele, pertencentes à mesma classe em Saint-Cyr — não números, como para Granger. Granger disse: "Agora estamos chegando a algum lugar", e lançou um olhar triunfante e estúpido em torno, para os colegas; os franceses, com a cabeça curvada, faziam suas anotações com ar sombrio.

"Isso é mais do que pode ser dito na Coreia", eu disse, num comentário deliberadamente equivocado, mas tudo que fiz foi fornecer uma nova linha de raciocínio a Granger.

"Pergunte ao coronel", ele disse, "o que os franceses vão fazer em seguida? Ele afirma que o inimigo está fugindo pelo rio Negro..."

"Rio Vermelho", corrigiu-o o intérprete.

"Tanto faz a cor do rio. O que a gente quer saber é o que os franceses farão agora."

"O inimigo está fugindo."

"O que vai acontecer quando chegarem do outro lado? O que vão fazer, então? Vão simplesmente sentar na margem oposta e dizer que acabou?" Os oficiais franceses escutavam com soturna paciência a voz arrogante de Granger. Até mesmo humildade é exigida de um soldado, hoje em dia. "Vão jogar cartões de Natal neles?"

O capitão traduziu com cuidado, até mesmo a expressão "cartes de Noël". O coronel nos lançou um sorriso gelado. "Cartões de Natal, não", disse.

Acho que a juventude e a beleza do coronel provocavam particular irritação em Granger. O coronel não era — pelo menos, não na visão de Granger — nenhum líder de homens. Ele disse: "Não estão jogando muito mais que isso".

Subitamente, o coronel falou em inglês, num bom inglês. Afirmou: "Se os suprimentos prometidos pelos americanos tivessem chegado, teríamos mais o que jogar". Era, a despeito de sua elegância, um homem simples. Acreditava que um correspondente de jornal se importava com a honra de seu país, mais do que com as notícias. Granger disse, incisivo (ele era eficiente: trazia bem guardadas as datas em sua cabeça): "Quer dizer que nenhum dos suprimentos prometidos para o início de setembro chegou?".

"Isso."

Granger tinha sua notícia: começou a escrever.

"Desculpe", disse o coronel, "isso não é para ser publicado: é coisa de bastidores."

"Mas coronel", protestou Granger, "isso é notícia. A gente pode ajudá-lo com isso."

"Não, é assunto para os diplomatas."

"Que mal pode fazer?"

Os correspondentes franceses ficaram perdidos: falavam pouquíssimo inglês. O coronel quebrara as regras. Trocaram murmúrios rancorosos entre si.

"Não vou ser árbitro da questão", disse o coronel. "Pode ser que os jornais americanos digam: 'Ah, os franceses, sempre se queixando, sempre mendigando'. E em Paris os comunistas vão nos acusar: 'Os franceses derramam o próprio sangue pelos americanos e os americanos não são capazes de lhes enviar um helicóptero usado, sequer'. Bem não vai fazer. No fim das contas, continuaremos sem helicópteros, e o inimigo continuará ali, a oitenta quilômetros de Hanói."

"Pelo menos posso publicar que estão terrivelmente necessitados de helicópteros, não posso?"

"Pode dizer", disse o coronel, "que há seis meses tínhamos três helicópteros, e agora temos um. Um", repetiu, com uma espécie de perplexidade amarga. "Pode dizer que, se um homem é ferido em combate, não um ferimento sério, um simples ferimento, ele sabe que provavelmente é um homem morto. Doze horas, vinte e quatro horas, talvez, em uma maca para a ambulância, depois trilhas ruins, um colapso, talvez uma emboscada, gangrena. É melhor morrer logo de uma vez." Os correspondentes franceses se inclinaram para a frente, tentando entender. "Pode escrever isto", ele disse, parecendo ainda mais venenoso por sua beleza física. "Interprétez", ordenou, e saiu da sala deixando ao capitão a tarefa pouco familiar de traduzir do inglês para o francês.

"Toquei na ferida", disse Granger, satisfeito, e foi até um canto do bar para redigir seu telegrama. O meu não demorou muito: não havia nada que pudesse escrever de Phat Diem que os censores deixariam passar. Se a história parecesse boa o bastante, eu teria voado até Hong Kong e enviado de lá, mas acaso alguma notícia era boa o bastante para correr o risco de expulsão? Eu duvidava. Expulsão significava o fim de toda uma vida, significava a vitória de Pyle, e lá, quando regressei a meu hotel, esperando em meu buraco, foi na verdade sua vitória, o fim do caso — um telegrama me congratulando pela promoção. Dante jamais imaginou essa volta do parafuso para seus amantes condenados. Paolo nunca foi promovido ao Purgatório.

Subi a escada com destino a meu quarto vazio e à torneira pingando água gelada (não havia aquecimento de água em Hanói) e me sentei na beirada da cama sob a enorme tela contra mosquitos, que pairava como uma nuvem inchada, acima. Eu havia sido designado como novo editor de exterior, para chegar todas as tardes, às três e meia, àquele soturno edifício vitoriano perto da estação Blackfriars, com uma placa de lord Salisbury junto do elevador. Haviam mandado as boas-novas de Saigon e imaginei se já haviam chegado aos ouvidos de Phuong. Eu não seria mais um repórter: deveria ter opiniões e, em troca do vão privilégio, ver-me privado de minha última esperança na disputa com Pyle. Contava com minha experiência para fazer páreo à sua virgindade, a idade sendo uma carta tão boa para jogar no jogo sexual quanto a juventude, mas agora não tinha nem mesmo o limitado futuro de mais doze meses para oferecer, e um futuro era o trunfo. Invejei o mais nostálgico dos oficiais condenado à perspectiva da morte. Gostaria de ter chorado, mas meus canais estavam tão secos quanto o encanamento de água quente. Ah, eles que ficassem com o lar — eu só queria meu quarto na rue Catinat.

Fazia frio após escurecer em Hanói e as luzes eram mais fracas do que em Saigon, mais adequadas às roupas escuras das mulheres e ao fato da guerra. Subi a rue Gambetta em direção ao Pax Bar — não queria beber no Metrópole, na companhia dos oficiais de alta patente franceses, com suas esposas e namoradas, e, quando cheguei ao bar, acordei para os estampidos distantes dos canhões lá para os lados de Hoa Binh. Durante o dia, o som era abafado pelo ruído do tráfego, mas tudo estava quieto, agora, exceto pelo trim-trim das campainhas de bicicleta em que os condutores de riquixá caçavam clientes. Pietri estava sentado em seu local costumeiro. Seu esquisito crânio alongado se cravava entre suas espáduas como uma pêra em um prato; era um oficial do Sûreté, casado com uma bela tonquinesa proprietária do Pax Bar. Outro homem sem nenhum desejo particular de voltar para casa. Era corso, mas gostava mais de Marselha, e a Marselha preferia cada dia sentado na calçada da rue Gambetta. Eu me perguntava se já sabia do conteúdo de meu telegrama.

"Quatre cent vingt-et-un?", perguntou.

"Por que não?"

Começou a jogar e me pareceu impossível que um dia eu pudesse ter uma vida novamente, longe da rue Gambetta e da rue Catinat, do sabor insípido do vermute de cassis, do tamborilar familiar dos dados, do fogo de artilharia viajando como um ponteiro de relógio através do horizonte.'

Eu disse: "Estou voltando".

"Para casa?", perguntou Pietri, lançando um quatro-dois-um.

"Não. Para a Inglaterra."

SEGUNDA PARTE

CAPÍTULO 1

PYLE HAVIA SE CONVIDADO PARA o que chamou de uma bebida, mas eu sabia muito bem que ele não bebia de verdade. Com o passar das semanas, parecia difícil de acreditar naquele encontro insólito em Phat Diem: mesmo os detalhes da conversa ficavam cada vez menos claros. Eram como letras apagadas em uma tumba romana, e eu, o arqueólogo que preenchia as lacunas segundo o pendor de minha formação. Chegou mesmo a me ocorrer que ele me passara a perna e que a conversa fora um disfarce para seus verdadeiros propósitos, pois em Saigon já corria o boato de seu envolvimento num desses serviços tão canhestramente chamados de secretos. Talvez estivesse conseguindo armamento americano para uma terceira força — a banda de metais do bispo, tudo que restara de seus jovens conscritos assustados e não remunerados. O telegrama que me aguardara em Hanói, eu o mantinha no bolso. Não fazia sentido contar a Phuong, pois isso seria envenenar com lágrimas e brigas os poucos meses que nos restavam. Eu não iria nem mesmo pedir meu visto de saída senão no último momento, pois podia ser que ela tivesse algum parente no escritório de imigração.

Disse-lhe: "Pyle vem às seis".

"Vou visitar minha irmã", ela disse.

"Imaginei que ele gostaria de encontrá-la."

"Ele não gosta de mim nem de minha família. Quando você estava fora, não foi sequer uma vez ver minha irmã, mesmo depois de ser convidado. Ela ficou muito magoada."

"Você não precisa sair."

"Se ele quisesse me ver, teria nos convidado para ir ao Majestic. Quer conversar a sós com você — sobre negócios."

"Qual é o negócio dele?"

"Dizem por aí que importa um monte de coisas."

"Que coisas?"

"Remédios, coisas assim…"

"Isso é para as equipes de tracoma, no norte."

"Talvez. A alfândega não deve abri-los. São pacotes diplomáticos. Mas certa vez houve um engano — e um homem foi mandado embora. O primeiro-secretário ameaçou parar com todas as importações."

"O que havia na caixa?"

"Plástico."

"Não quer dizer bombas?"

"Não. Só plástico."

Depois que Phuong saiu, escrevi uma carta. Um homem da Reuters estava de partida para Hong Kong dentro de alguns dias e poderia enviá-la de lá. Eu sabia que meu pedido era inútil, mas não pretendia me recriminar mais tarde por não ter tomado todas as medidas possíveis. Escrevi para o gerente editorial, dizendo ser o momento errado para trocar de correspondente. O general de Lattre encontrava-se às portas da morte, em Paris; os franceses estavam prestes a recuar completamente de Hoa Binh; o norte se via mais ameaçado do que nunca. Eu não era indicado, aleguei, para editor de exterior — era um repórter, não tinha opinião de verdade sobre coisa alguma. Na última página, fiz até mesmo um apelo em termos pessoais, embora fosse improvável que qualquer solidariedade humana pudesse sobreviver sob a luz crua, entre as viseiras verdes e as frases estereotipadas — "o bem do jornal", "a situação exige…".

Escrevi: "Por motivos particulares, fico muito descontente de ser transferido do Vietnã. Não acho que possa fazer meu melhor trabalho na Inglaterra, onde terei não só as tensões financeiras como também familiares. Na verdade, se pudesse me dar ao luxo, preferiria pedir demissão a regressar ao Reino Unido. Menciono isso apenas para mostrar a força de minha objeção. Não acho que tenha me julgado um mau correspondente, e esse é o primeiro favor que peço". Então revisei meu artigo sobre a batalha de Phat Diem, de modo que pudesse enviá-lo para ser postado com um cabeçalho de Hong Kong. Os franceses não fariam objeções sérias, a essa altura — o sítio fora erguido: uma derrota podia passar por vitória. Daí rasguei a última página de minha carta ao editor. Era inútil — os "motivos particulares" serviriam apenas como motivo de chacota. Todo correspondente, assim se presumia, tinha sua namorada local. O editor passaria a piada ao editor da noite, que voltaria ruminando inveja à sua casa de classe média, em Streatham, para se deitar na cama ao lado da esposa fiel que trouxera consigo anos antes de Glasgow. Eu podia ver perfeitamente o tipo de casa sem nenhuma misericórdia — um triciclo quebrado ficava no corredor e alguém quebrara seu cachimbo favorito; e havia uma camisa de criança na sala de estar à espera de um botão por ser costurado. "Razões particulares": bebendo no Clube de Imprensa, não queria que suas piadinhas me fizessem lembrar de Phuong.

Houve uma batida na porta. Eu a abri para Pyle e seu cachorro preto se adiantou a ele. Pyle olhou por cima de meu ombro e deu com o quarto vazio. "Estou sozinho", eu disse, "Phuong foi ver a irmã." Ele corou. Notei que usava uma camisa havaiana, ainda que fosse, por comparação, modesta em termos de cor e modelo. Fiquei surpreso: teria sido acusado de atividades antiamericanas? Ele disse: "Espero não estar interrompendo...".

"Claro que não. Quer beber alguma coisa?"

"Obrigado. Cerveja?"

"Desculpe. Não temos geladeira — só o gelo que mandamos buscar. Que tal um uísque?"

"Uma dose pequena, se não se importa. Não sou muito chegado a destilados."

"Gelo?"

"Bastante soda... se você não estiver com pouca."

Eu disse: "Não o vejo desde Phat Diem".

"Recebeu meu bilhete, Thomas?"

Quando usava meu primeiro nome, era como uma declaração de que não estivera brincando, de que não estivera sob disfarce, de que estava ali para buscar Phuong. Notei seu corte à escovinha recém-aparado; estaria até mesmo a camisa havaiana cumprindo a função de plumagem do macho?

"Recebi seu bilhete", eu disse. "Imagino que deveria derrubá-lo com um soco."

"Claro", ele disse, "você tem esse direito, Thomas. Mas pratiquei boxe na faculdade... e sou bem mais jovem."

"É, não seria uma jogada muito boa de minha parte, não é?"

"Sabe, Thomas (tenho certeza de que sente o mesmo), não gosto de discutir sobre Phuong nas costas dela. Pensei que estaria aqui."

"Bem, sobre o que vamos discutir... plástico?" Não tive a intenção de surpreendê-lo.

Ele disse: "Sabe a respeito disso?".

"Phuong me contou."

"Como ela pode sab...?"

"Pode ter certeza de que a cidade inteira sabe. Por que isso é tão importante? Vai entrar no ramo de brinquedos?"

"Não gostamos que os detalhes de nossa ajuda se espalhem. Sabe como é o Congresso... e, além do mais, há os senadores em visita. Tivemos um bocado de problemas com nossas equipes de tracoma, por usarem um remédio em vez de outro."

"Continuo sem entender o plástico."

O cachorro preto sentou-se no chão, ocupando demasiado espaço, ofegando; sua língua parecia uma panqueca queimada. Pyle disse, um tanto vago: "Ah, sabe, queremos deixar algumas dessas indústrias locais bem das pernas e temos de ter cuidado com os franceses. Querem tudo sendo comprado na França."

"Não os culpo. Uma guerra exige dinheiro."

"Gosta de cães?"

"Não."

"Pensei que os ingleses adorassem cachorros."

"Achamos que os americanos adoram dólares, mas deve haver exceções."

"Não sei como iria me virar sem o Duke. Sabe, às vezes, sinto uma solidão dos diabos…"

"Você tem um bocado de companhia em sua agência."

"O primeiro cachorro que tive se chamava Prince. Em homenagem ao Black Prince. Sabe, aquele que…"

"Massacrou todas as mulheres e crianças em Limoges."

"Não me lembro disso."

"Os livros de história encobrem."

Eu veria inúmeras vezes aquela expressão de dor e decepção perpassando seus olhos e sua boca quando a realidade não combinasse com as ideias românticas que lhe eram tão caras ou quando alguém que amava ou admirava descia abaixo do patamar impossível em que o colocara. Lembro-me de que certa vez apanhei um erro factual grosseiro em York Harding e tive de confortá-lo: "Errar é humano". Ele riu nervosamente e disse: "Deve me considerar um tolo, mas… bom, cheguei quase a pensar que ele fosse infalível". E acrescentou: "Meu pai se afeiçoou um bocado a ele na única vez em que se encontraram, e olhe que meu pai é muito difícil de agradar".

O grande cão preto chamado Duke, tendo ofegado tempo suficiente para estabelecer uma espécie de direito sobre o ar, começou a vadiar pelo quarto. "Poderia pedir a seu cachorro que ficasse quieto?", eu disse.

"Ah, mil perdões. Duke. Duke. Senta, Duke!" Duke sentou e começou a lamber ruidosamente as partes pudendas. Enchi nossos copos e dei um jeito de, ao servir, interromper a toalete de Duke. A imobilidade durou muito pouco; ele começou a se coçar.

"Duke é incrivelmente inteligente", disse Pyle.

"O que aconteceu com Prince?"

"Estávamos na fazenda em Connecticut e ele foi atropelado."

"Você ficou muito triste?"

"Ah, sofri um bocado. Ele era muito importante para mim, mas a pessoa precisa ter bom senso. Nada poderia trazê-lo de volta."

"E se perdesse Phuong, você teria bom senso?"

"Ah, assim espero. E você?"

"Duvido.Posso até perder as estribeiras. Já pensou nisso, Pyle?"

"Gostaria que me chamasse de Alden, Thomas."

"Prefiro não. Pyle me lembra... alguém.* Já pensou a respeito?"

"Claro que não. Você é o sujeito mais correto que já conheci. Quando penso em sua postura ao me intrometer..."

"Lembro-me de pensar, antes de ir dormir, como seria conveniente se houvesse um ataque e você fosse morto. A morte de um herói. Pela democracia."

"Não zombe de mim, Thomas." Descruzou as longas pernas, com desconforto. "Devo parecer um tanto estúpido para você, mas sei quando está brincando."

"Não estou."

"Sei que no fundo quer o melhor para ela."

Foi então que escutei os passos de Phuong. Eu alimentara a vã esperança de que ele tivesse partido antes que ela voltasse. Ele

---

* Sem dúvida, referência a Ernest "Ernie" Taylor Pyle (1900-45), famoso jornalista americano que escreveu sobre os soldados de seu país na Europa e no Norte da África durante a Segunda Guerra Mundial. (N. T.)

também escutou e os reconheceu. Disse: "Aí vem ela", embora houvesse tido apenas uma noite para conhecer o som de seus passos. Até o cachorro se ergueu e ficou ao lado da porta, que eu deixara aberta para refrescar, quase como se a admitisse como alguém da família de Pyle. Eu era o intruso.

Phuong disse: "Minha irmã não estava", e lançou um olhar cuidadoso em direção a Pyle.

Perguntei-me se dizia a verdade ou se a irmã ordenara que voltasse correndo.

"Lembra-se de monsieur Pyle?", eu disse.

"Enchantée." Ela mantinha a polidez.

"Fico muito feliz de encontrá-la outra vez", ele disse, corando.

"Comment?"

"O inglês dela não é muito bom", eu disse.

"Receio que meu francês seja pavoroso. Mas estou tendo aulas. E posso entender... se Phuong falar devagar."

"Vou agir como intérprete", eu disse. "Leva algum tempo para se acostumar ao sotaque local. Agora, o que tem a dizer? Sente-se, Phuong. monsieur Pyle veio especialmente para vê-la. Tem certeza", acrescentei, virando-me para Pyle, "de que não gostaria que saísse e os deixasse a sós?"

"Quero que ouça tudo que tenho a dizer. Não seria justo, de outro modo."

"Bom, então desembuche."

Começou a dizer com ar solene, como se aquela parte houvesse sido decorada, que nutria grande amor e respeito por Phuong. Sentia isso desde a noite em que dançaram juntos. Aquilo me lembrou um pouco um mordomo apresentando uma "casa famosa" a um bando de turistas. A casa famosa era seu coração e acerca dos aposentos privados onde vivia a família recebíamos apenas um vislumbre rápido e furtivo. Traduzi o que disse com um cuidado escrupuloso — soava pior dessa forma, e Phuong permaneceu imóvel com as mãos no colo, como se escutasse o som de um filme.

"Ela compreendeu?", ele perguntou.

"Até onde posso perceber. Não quer que acrescente um pouquinho de fervor nisso, quer?"

"Ah, não", ele disse, "só traduza. Não quero deixá-la emocionalmente agitada."

"Entendo."

"Diga-lhe que quero me casar com ela."

Eu disse.

"O que foi que ela disse?"

"Perguntou se falava sério. Eu lhe expliquei que você é do tipo sério."

"Presumo que a situação seja esquisita", ele disse. "Eu pedindo a você que traduza."

"Bastante esquisita."

"No entanto, parece tão natural. Afinal de contas, você é meu melhor amigo."

"É gentil de sua parte dizer tal coisa."

"Por nenhuma outra pessoa eu me meteria em problemas mais prontamente do que por você", ele disse.

"E presumo que estar apaixonado por minha garota seja um tipo de problema?"

"Claro. Queria que fosse qualquer outro que não você, Thomas."

"Bem, o que digo, agora? Que não pode partir sem ela?"

"Não, isso é emotivo demais. Também não é totalmente verdadeiro. Eu teria de partir, é claro, mas a pessoa supera qualquer coisa."

"Enquanto pensa no que dizer, importa-se de que eu diga alguma coisa de minha parte?"

"Não, claro que não, é bastante justo, Thomas."

"Bem, Phuong", eu disse, "vai me trocar por ele? Ele se casará com você. Eu não posso. Sabe por quê."

"Você vai embora?", ela perguntou, e pensei na carta do editor em meu bolso.

"Não."

"Nunca?"

"Como alguém pode prometer isso? Tampouco ele pode. Casamentos terminam. Muitas vezes, terminam mais rápido que um relacionamento como o nosso."

"Não quero ir", ela disse, mas a frase não foi tranquilizadora; continha um "mas" implícito.

Pyle disse: "Acho que devo pôr todas minhas cartas na mesa. Não sou rico. Mas, quando meu pai morrer, terei cerca de cinquenta mil dólares. Gozo de boa saúde — tenho um atestado médico de apenas dois meses atrás, e posso dizer a ela qual é meu grupo sanguíneo".

"Não sei nem como traduzir. De que adianta isso?"

"Ora, para não deixar dúvida de que podemos ter filhos juntos."

"É assim que fazem amor na América — cifras de rendimento e grupo sanguíneo?"

"Não sei, nunca fiz isso antes. Talvez em meu país minha mãe conversasse com a mãe dela."

"Sobre seu grupo sanguíneo?"

"Não zombe de mim, Thomas. Imagino que sou antiquado. Sabe como estou um pouco perdido nesta situação."

"Somos dois. Não acha que poderíamos parar por aqui e jogar os dados para decidir quem fica com ela?"

"Agora você está bancando o forte, Thomas. Sei que a ama, a seu próprio modo, tanto quanto eu."

"Bem, prossiga, Pyle."

"Diga a ela que não espero que me ame imediatamente. Isso virá com o tempo, mas diga-lhe que o que ofereço é segurança e respeito. Sei que não soa muito empolgante, mas talvez seja melhor que paixão."

"Paixão é algo que ela sempre pode conseguir", eu disse, "com seu chofer, quando você estiver no escritório."

Pyle ficou vermelho. Ergueu-se desajeitadamente e disse: "Que piadinha asquerosa. Não vou tolerar que a insulte. Você não tem o menor direito...".

"Ela não é sua esposa, ainda."

"O que pode oferecer a ela?", perguntou-me, furioso. "Uns duzentos dólares quando partir para a Inglaterra, ou vai repassá-la junto com a mobília?"

"A mobília não é minha."

"Nem ela. Phuong, quer se casar comigo?"

"E quanto ao grupo sanguíneo?", eu disse. "E um atestado de saúde. Vai precisar dos dela, sem dúvida? Talvez devesse ver os meus, também. E o horóscopo dela... não, esse é um costume indiano."

"Quer se casar comigo?"

"Fale em francês", eu disse. "Quero ir para o inferno se vou continuar a traduzir para você."

Fiquei de pé e o cão rosnou. Aquilo me deixou furioso. "Diga à droga deste seu Duke para ficar quieto. A casa é minha, não dele."

"Quer se casar comigo?", ele repetiu. Dei um passo na direção de Phuong e o cão rosnou outra vez.

Disse a Phuong: "Diga a ele para ir embora e levar o cachorro com ele".

"Venha comigo, agora", disse Pyle. "Avec moi."

"Não", disse Phuong, "não." De repente, toda a raiva em nós dois evaporou; um problema simples assim era resolvido com uma palavra de três letras. Senti um alívio enorme; Pyle continuou ali com a boca entreaberta e uma expressão atônita no rosto e disse: "Ela disse não".

"Até aí o inglês dela chega." Eu queria rir, agora: como havíamos os dois feito um ao outro de tolo. Disse: "Sente-se e tome outra dose, Pyle".

"Acho que é melhor ir andando."

"A saideira."

"Não quero acabar com seu uísque", murmurou.

"Consigo quanto quiser com a Legação." Fui em direção à mesa e o cão mostrou os dentes.

Pyle disse, furioso: "Senta, Duke! Comporte-se". Enxugou o suor da testa. "Peço mil desculpas, Thomas, se disse algo que não deveria. Não sei que bicho me mordeu." Pegou o copo e disse, com ar melancólico: "Vence o melhor. Apenas, por favor, não a deixe, Thomas".

"Claro que não vou deixá-la", eu disse.

Phuong disse para mim: "Será que ele gostaria de fumar um cachimbo?".

"Gostaria de fumar um cachimbo?"

"Não, obrigado. Não chego perto de ópio e temos regras estritas no serviço. Vou só beber isto e ir embora. Desculpe pelo Duke. Em geral ele é muito quieto."

"Fique para o jantar."

"Acho, se não se importa, que prefiro ficar sozinho." Esboçou um sorriso indeciso. "Imagino que as pessoas diriam que nos comportamos de modo bastante estranho. Gostaria que você pudesse se casar com ela, Thomas."

"Gostaria mesmo?"

"É. Desde que vi aquele lugar — sabe, a casa perto do Chalet —, fiquei com muito medo." Bebeu rapidamente o uísque inabitual, sem olhar para Phuong, e quando disse até logo não tocou em sua mão, fazendo uma pequena mesura desajeitada num vaivém. Observei o modo como ela o seguiu com o olhar até a porta e, quando passei diante do espelho, eu me vi: o botão superior da calça desabotoado, a pança incipiente. Lá fora, ele disse: "Prometo não procurá-la, Thomas. Não vai deixar que isso se interponha entre nós, vai? Vou obter uma transferência quando terminar meu serviço".

"Quando será isso?"

"Daqui a uns dois anos."

Entrei de volta no quarto e pensei: "De que adianta? Eu podia muito bem ter contado aos dois que estava de partida". Ele tinha apenas de carregar sua compaixão umas poucas semanas, como um enfeite... Minha mentira até aliviaria sua consciência.

"Quer que lhe prepare um cachimbo?", perguntou Phuong.

"Quero, num minuto. Só vou escrever uma carta."

Era a segunda carta do dia, mas dessa vez não rasguei nada, ainda que tivesse pouca esperança de obter uma resposta. Escrevi: "Querida Helen, estarei de volta à Inglaterra em abril próximo para assumir a função de editor de exterior. Como pode imaginar, não fiquei muito feliz com isso. A Inglaterra representa para mim o cenário de meu fracasso. Eu tinha a intenção de que nosso casamento durasse quase tanto quanto se eu compartilhasse de suas crenças cristãs. Até hoje não sei muito bem o que deu errado (sei que ambos tentamos), mas acho que foi meu temperamento. Sei o quanto meu temperamento pode ser mau e cruel. Agora acho que melhorou um pouco — o Oriente fez isso por mim —, não mais amável, mas mais tranquilo. Talvez seja simplesmente porque estou cinco anos mais velho — no fim da vida, quando cinco anos se tornam uma grande parte do que resta. Você tem sido muito generosa comigo e jamais me censurou desde nossa separação. Será que poderia ser ainda mais generosa? Sei que, antes de nos casarmos, me advertiu que jamais haveria um divórcio. Aceitei o risco e não tenho de que me queixar. Ao mesmo tempo, é o que estou pedindo, agora".

Phuong chamou da cama, dizendo que a bandeja estava pronta.

"Um momento", eu disse.

"Eu poderia ocultar isso tudo", escrevi, "e fazer soar mais nobre e digno, fingindo ser no interesse de alguma outra pessoa. Mas não é, e nos acostumamos a dizer sempre a verdade um ao outro. É no meu interesse, única e exclusivamente. Amo muito uma pessoa, estamos vivendo juntos há mais de dois anos, ela tem sido muito leal a mim, mas sei que não sou essencial para ela. Se deixá-la, ficará um pouco infeliz, acho, mas não será nenhuma tragédia. Vai se casar com algum outro e formar uma família. É estupidez de minha parte lhe contar isso. Estou pondo uma resposta em sua boca. Mas, como tenho sido honesto até hoje, talvez acredite que perdê-la será, para mim, o começo da morte. Não estou lhe pedindo para ser 'razoável' (a razão está toda do seu lado), ou para ser misericordiosa. É uma palavra grande demais para minha situação e, de todo modo, eu particularmente não mereço misericórdia. Presumo que o que estou de fato lhe pedindo é que se comporte, de uma hora para outra, de modo irracional, que não seja você mesma. Quero que sinta" (hesitei diante da palavra, e depois a perdi) "afeição e tome uma atitude antes de ter tempo de pensar. Sei que é mais fácil fazer isso por telefone do que viajando mais de dez mil quilômetros. Quem dera apenas me enviasse um telegrama dizendo 'Aceito'!"

Quando terminei, senti como se tivesse feito uma longa corrida e forçado músculos não condicionados. Deitei na cama enquanto Phuong preparava meu cachimbo. Eu disse: "Ele é jovem".

"Quem?"

"Pyle."

"Isso não é tão importante."

"Eu me casaria com você, se pudesse, Phuong."

"Acho que sim, mas minha irmã não acredita."

"Acabo de escrever para minha mulher, pedindo o divórcio. Nunca tentei isso antes. Sempre existe uma chance."

"Uma grande chance?"

"Não, só uma pequena."

"Não se preocupe. Fume."

Aspirei a fumaça e ela começou a preparar meu segundo cachimbo. Perguntei-lhe novamente: "Sua irmã não estava mesmo em casa, Phuong?".

"Eu já disse... tinha saído." Era absurdo sujeitá-la a essa paixão pela verdade, uma paixão ocidental, como a paixão pelo álcool. Por causa do uísque que bebera com Pyle, o efeito do ópio ficara enfraquecido. Disse: "Menti para você, Phuong. Mandaram que eu voltasse para casa".

Ela pousou o cachimbo. "Mas você não vai? Vai?"

"Se recusasse, do que viveríamos?"

"Eu poderia ir junto. Gostaria de conhecer Londres."

"Seria muito desagradável para você, se não fôssemos casados."

"Mas talvez sua esposa lhe conceda o divórcio."

"Talvez."

"Vou com você de um jeito ou de outro", ela disse. Falava sério, mas pude ver em seus olhos a longa cadeia de pensamentos tendo início, conforme erguia o cachimbo mais uma vez e começava a aquecer a bolota de ópio. Disse: "Em Londres tem arranha-céus?", e adorei-a pela inocência da pergunta. Ela podia mentir por polidez, por medo, até em proveito próprio, mas jamais teria a malícia de manter sua mentira oculta.

"Não", eu disse, "para ver um, terá que ir à América."

Ela me lançou um rápido olhar por sobre a agulha, denotando seu engano. Então, conforme amassava o ópio, começou a falar ao acaso das roupas que usaria em Londres, onde iria morar, dos trens de metrô sobre os quais lera num romance, dos ônibus de dois andares: iríamos voando ou de navio? "E a Estátua da Liberdade...", disse.

"Não, Phuong, ela também é americana."

CAPÍTULO 2

I

PELO MENOS UMA VEZ POR ANO OS CAODAÍSTAS davam um festival na Santa Sé, em Tanyin, que fica oitenta quilômetros a noroeste de Saigon, para celebrar um certo ano da Libertação, ou da Conquista, ou mesmo algum festival budista, confucionista ou cristão. O caodaísmo sempre foi o capítulo favorito de meu *briefing* para os visitantes. O caodaísmo, inventado por um funcionário público de Cochin, era uma síntese das três religiões. A Santa Sé ficava em Tanyin. Um papa e cardeais mulheres. Profecia por *planchette*. São Vitor Hugo. Cristo e Buda olhando para baixo do teto da catedral, em uma fantasia oriental *à la* Walt Disney, dragões e serpentes em tecnicolor. Os recém-chegados sempre ficavam deliciados com a descrição. Como alguém poderia explicar a insipidez da coisa toda: o exército particular de vinte e cinco mil homens, armados com morteiros feitos de velhos tubos de escapamento, aliados dos franceses, mas que se tornavam neutros no momento do perigo? Para essas celebrações, que ajudavam a manter os camponeses calmos, o papa convidava membros do governo (que iriam comparecer se os caodaístas no momento detivessem algum gabinete), o corpo diplomático (que enviaria alguns secretários de segundo escalão com suas esposas e namoradas) e o comandante em chefe francês, que destacaria um general de duas estrelas de algum serviço burocrático para representá-lo.

Ao longo da rota para Tanyin seguia um rápido fluxo de equipes e carros da defesa civil, enquanto nos trechos mais expostos da estrada soldados da Legião Estrangeira davam cobertura espalhados pelos campos de arroz. Era sempre um dia de alguma ansiedade para o Alto Comando francês e talvez de uma certa esperança para os caodaístas, pois o que poderia ser mais descomplicadamente enfático de sua lealdade do que ter uns poucos convidados importantes alvejados fora do próprio território?

De quilômetro em quilômetro, uma pequena torre de observação de barro se projetava nos campos alagados como um ponto de exclamação e, a cada dez quilômetros, havia um forte maior guarnecido por um pelotão de legionários marroquinos ou senegaleses. Como no tráfego de Nova York, os carros se moviam num ritmo uniforme — e, como no tráfego de Nova York, pairava uma sensação de impaciência controlada, observando-se o carro à frente e, no retrovisor, o carro atrás. Todo mundo queria chegar a Tanyin, assistir ao espetáculo e voltar tão logo fosse possível: o toque de recolher era às sete.

Dos campos de arroz sob controle francês se passava aos campos de arroz controlados pelos hoa-haos, e destes aos campos de arroz dos caodaístas, que geralmente estavam em guerra com os hoa-haos: apenas as bandeiras mudavam nas torres de observação. Menininhos nus sentavam no dorso de búfalos, que vadeavam os campos irrigados mergulhados até os genitais; onde a dourada colheita estava pronta, os camponeses, com seus chapéus cônicos semelhantes a moluscos, separavam o arroz em pequenas joeiras côncavas de bambu trançado. Os carros passavam rápido, pertencendo a outro mundo.

Agora as igrejas dos caodaístas colhiam a atenção dos estrangeiros em cada vilarejo; o reboco azul-claro e rosa e o grande olho de Deus acima da porta. As bandeiras aumentavam; tropas de camponeses abriam caminho ao longo da estrada; aproximávamo-nos da Santa Sé. Na distância, a montanha sagrada assomava como um chapéu-coco verde sobre Tanyin — era lá o reduto do general Thé, o chefe de Estado-maior dissidente que declarara recentemente sua intenção de combater tanto os franceses como os vietminhs. Os caodaístas não faziam qualquer tentativa de capturá-lo, ainda que ele houvesse sequestrado um cardeal, mas, segundo se dizia, fizera isso com a conivência do papa.

Sempre parecia mais quente em Tanyin do que em qualquer outro lugar no Delta Sul; talvez fosse a ausência de água, talvez a sensação das cerimônias intermináveis que faziam a pessoa suar vicariamente, suar pelas tropas em posição de sentido ao longo de discursos intermináveis numa língua que não compreendiam, suar pelo papa em seus pesados trajes achinesados. Apenas os cardeais femininos, com calças de seda branca, conversando com os sacerdotes em seus chapéus arredondados, passavam uma impressão de frescor sob a claridade ofuscante; era duro de acreditar que em algum momento chegariam as sete horas e a hora do coquetel na cobertura do Majestic, com a brisa soprando do rio Saigon.

Depois da parada, entrevistei o representante do papa. Não esperava extrair coisa alguma dele, e tinha razão: foi convencional de ambas as partes. Perguntei-lhe sobre o general Thé.

"Um homem impetuoso", disse, e descartou o assunto. Começou seu discurso pronto, esquecendo que eu o ouvira dois anos antes — aquilo me lembrava minhas próprias gravações de gramofone para os recém-chegados. O caodaísmo era uma síntese religiosa… a melhor dentre todas as religiões… missionários haviam sido despachados para Los Angeles… os segredos da Grande Pirâmide… Vestia uma comprida sotaina branca e acendia um cigarro no outro. Havia qualquer coisa de malicioso e corrupto nele: a palavra "amor" aparecia muitas vezes. Eu tinha certeza de que sabia que todos nós só estávamos ali para rir de seu movimento; nosso ar de respeito era tão corrupto quando sua hierarquia fajuta, mas éramos menos maliciosos. Nossa hipocrisia não nos rendia benefício algum — nem mesmo um aliado confiável —, ao passo que a deles lhes granjeara armas, suprimentos e até dinheiro.

"Obrigado, eminência." Levantei-me. Ele me acompanhou até a porta, derrubando cinza de cigarro.

"Que Deus abençoe seu trabalho", ele disse, untuoso. "Lembre-se: Deus ama a verdade."

"Que verdade?", perguntei.

"Na fé caodaísta, todas as verdades se conciliam e a verdade é amor."

Tinha um grande anel no dedo e, quando estendeu a mão, cheguei mesmo a achar que esperava que a beijasse, mas não sou um diplomata.

Sob a desoladora luz solar vertical, avistei Pyle; tentava em vão fazer seu Buick pegar. De algum modo, ao longo das últimas duas semanas, no bar do Continental, na única livraria decente da rue Catinat, eu topara seguidamente com Pyle. A amizade que se impusera desde o início, agora ele a enfatizava mais do que nunca. Seus olhos tristes eram uma inquirição fervorosa por Phuong, enquanto seus lábios expressavam com mais fervor ainda a força de sua afeição e admiração — Deus tenha piedade — por mim.

Um comandante caodaísta estava de pé ao lado do carro falando rápido. Parou quando cheguei. Eu o reconheci — fora um dos assistentes de Thé antes de este tomar as colinas.

"Opa, comandante", eu disse, "como vai o general?"

"Que general?", ele perguntou, com um sorriso tímido.

"Sem dúvida, na fé caodaísta", eu disse, "todos os generais se conciliam."

"Não consigo fazer este carro andar, Thomas", disse Pyle.

"Vou arranjar um mecânico", disse o comandante, e saiu.

"Eu o interrompi."

"Ah, não era nada", disse Pyle. "Ele queria saber quanto custa um Buick. Esta gente é muito amigável quando você os trata bem. Os franceses parecem não saber como lidar com eles."

"Os franceses não confiam neles."

Pyle disse, solene: "Um homem se torna digno de confiança quando você confia nele". Parecia uma máxima caodaísta. Comecei a sentir que o ar de Tanyin era ético demais para meus pulmões.

"Vamos beber alguma coisa", disse Pyle.

"Nada me agradaria mais."

"Tenho uma garrafa térmica com suco de limão aqui. Inclinou-se para trás e mexeu em um cesto no banco traseiro.

"Tem gim?"

"Não, mil perdões. Sabe", continuou, encorajador, "suco de limão faz muito bem neste clima. Contém… não sei bem ao certo que vitaminas." Estendeu-me uma xícara e bebi.

"Pelo menos é molhado", eu disse.

"Que tal um sanduíche? Estão deliciosos. Uma nova pasta chamada Vit-Health. Minha mãe mandou dos Estados Unidos."

"Não, obrigado, não estou com fome."

"O gosto parece um bocado com salada russa — só que mais seco."

"Acho que não, obrigado."

"Não se importa se eu comer um?"

"Não, não, claro que não."

Deu uma bela dentada e mastigou ruidosamente. À distância, Buda, feito de pedra branca e rosa, partia em um carro do lar ancestral e seu pajem — outra estátua — corria atrás dele. Os cardeais femininos voltavam para suas casas e o olho de Deus nos observava acima da porta da catedral.

"Sabia que estão servindo almoço aqui?", eu disse.

"Achei melhor não arriscar. A carne… a gente precisa ser cuidadoso, neste calor."

"É perfeitamente seguro. Eles são vegetarianos."

"Presumo que não haja problema... mas gosto de saber o que estou comendo." Deu outra abocanhada em seu Vit-Health. "Acha que existe algum mecânico confiável por aqui?"

"Eles conhecem o suficiente para transformar o tubo de escapamento deste seu carro num morteiro. Pelo que sei, Buicks dão os melhores morteiros."

O comandante voltou e, saudando-nos com vivacidade, disse que mandara buscar um mecânico no quartel. Pyle lhe ofereceu um sanduíche Vit-Health, que ele educadamente recusou. Disse, com um ar cosmopolita: "Temos tantas regras sobre comida, por aqui". (Falava um inglês excelente.) "Quanta idiotice. Mas sabe como é, numa capital religiosa. Imagino que seja assim também em Roma... ou em Canterbury", acrescentou, com uma ligeira mesura elegante nitidamente dirigida a mim. Depois ficou em silêncio. Ambos ficaram. Tive a forte impressão de que minha presença não era bem quista. Não pude resistir à tentação de provocar Pyle — esta é, afinal, a arma dos fracos, e eu era fraco. Não tinha juventude, integridade ou futuro. Disse: "Talvez eu aceite um sanduíche, afinal de contas".

"Ah, claro", disse Pyle, "claro." Hesitou um pouco antes de se virar para o cesto, na traseira.

"Não, não", eu disse. "Foi só uma brincadeira. Vocês dois querem ficar a sós."

"De jeito nenhum", disse Pyle. Era um dos mentirosos mais incompetentes que já conheci — essa era uma arte que obviamente jamais praticara. Explicou ao comandante: "Thomas aqui é meu melhor amigo".

"Conheço o senhor Fowler", disse o comandante.

"Falo com você antes de ir embora, Pyle." E afastei-me em direção à catedral. Lá conseguiria me refrescar um pouco.

São Vitor Hugo, com o uniforme da Academia Francesa e um halo em torno do chapéu tricorne, suscitara algum nobre sentimento que Sun Yat Sen inscrevia em uma tabuleta, e então cheguei à nave. Não havia onde sentar a não ser na cadeira papal, circundada por uma serpente de gesso enrolada, o piso de mármore brilhava como água e não havia vidros nas janelas. Fazemos uma prisão com orifícios para o ar, pensei, e o homem faz uma prisão para sua religião exatamente do mesmo jeito — com dúvidas deixadas em aberto, expostas à intempérie, e credos abertos a interpretações inumeráveis. Minha esposa encontrara sua prisão com orifícios e eu às vezes a invejava. Há um conflito entre o sol e o ar: eu vivia demais sob o sol.

Caminhei pela longa nave vazia — aquela não era a Indochina que eu amava. Os dragões com cabeças leoninas escalavam o púlpito; no teto, Cristo expunha o coração sangrando. Buda sentava, como Buda está sempre sentado, com o colo vazio. A barba rala de Confúcio pendia como uma queda-d'água na estação da seca. Era tudo um teatro: o grande globo acima do altar era a ambição; a cesta com a tampa removível onde o papa operava suas profecias, o embuste. Se aquela catedral houvesse existido por cinco séculos, em vez de duas décadas, será que teria se revestido de uma atmosfera convincente, com o desgaste de passos e a erosão do tempo? Acaso alguém passível de ser convencido, como minha esposa, encontraria ali uma fé que não seria capaz de encontrar nos seres humanos? E se eu de fato estivesse atrás da fé, será que a teria encontrado em sua igreja normanda? Mas eu jamais desejara ter fé. A função de um repórter é expor e registrar. Nunca em minha carreira eu havia constatado o inexplicável. O papa fazia suas profecias com um lápis na tampa de uma cesta e as pessoas acreditavam. Mais ou menos qualquer visão podia ser encontrada na *planchette*. Não havia visões ou milagres em meu repertório de recordações.

Passei minhas lembranças em revista aleatoriamente, como fotos num álbum: uma raposa que eu vira à luz de um clarão inimigo perto de Orpington, esgueirando-se perto de um galinheiro, fora de seu meio cor de ocre no campo adjacente; o corpo de um malaio perfurado pela baioneta que um patrulheiro gurkha trouxera de caminhão a um campo minado em Pahang e os cules chineses ali ao lado rindo com descaramento enquanto um companheiro malaio ajeitava uma almofada sob a cabeça do morto; um pombo sobre o consolo de uma lareira, equilibrando-se para voar em um quarto de hotel; o rosto de minha esposa na janela quando cheguei em casa para me despedir pela última vez. Meus pensamentos haviam começado e se encerrado com ela. Devia ter recebido minha carta havia mais de uma semana e o telegrama que eu não esperava não chegou. Mas dizem que, se o júri se reúne por muito tempo, é porque há esperança para o prisioneiro. Dentro de mais uma semana, se não chegasse carta alguma, eu poderia ter esperança? Tudo que conseguia ouvir a meu redor era o ronco dos carros dos soldados e diplomatas: a festa estava terminada por mais um ano. A debandada de volta a Saigon tinha início e o toque de recolher nos chamava. Saí à procura de Pyle.

Estava parado sob uma sombra com seu comandante e ninguém fazia o que quer que fosse por seu carro. A conversa, ao que parecia, havia terminado, qualquer que houvesse sido seu assunto, e permaneciam ali em silêncio, constrangidos por mútua polidez. Juntei-me a eles.

"Bem", disse, "acho que vou andando. É melhor ir embora também, se quiser chegar antes do toque de recolher."

"O mecânico não apareceu."

"Ele virá, logo, logo", disse o comandante. "Estava na parada."

"Pode passar a noite aqui", eu disse. "Tem uma missa especial... vai achar uma experiência e tanto. Dura três horas."

"Preciso voltar."

"Não vai voltar a menos que saia já." Acrescentei, com relutância: "Eu lhe dou uma carona, se quiser, e o comandante pode mandar seu carro para Saigon amanhã".

"Não precisa se preocupar com toque de recolher em território caodaísta", disse o comandante, com ar superior. "Mas fora dele... Certamente mandarei entregar seu carro amanhã."

"Com o escapamento intacto", eu disse, e ele me devolveu um sorriso brilhante, puro, eficiente, o resumo militar de um sorriso.

II

A PROCISSÃO DE CARROS ESTAVA BEM ADIANTE de nós quando partimos. Afundei o pé no acelerador para tentar ultrapassá-la, mas deixamos a zona caodaísta e entramos na zona dos hoa-haos sem nem mesmo uma nuvem de poeira à nossa frente. O mundo era plano e vazio ao entardecer.

Não era o tipo de região que alguém associaria a emboscadas, mas homens podiam se esconder até o pescoço nos campos alagadiços a poucos metros da estrada.

Pyle limpou a garganta e isso era o sinal para uma intimidade iminente. "Espero que Phuong esteja bem", disse.

"Nunca a vi doente." Uma torre de observação afundava atrás, outra surgia, como pesos em uma balança.

"Vi a irmã dela fazendo compras ontem."

"E presumo que ela o tenha convidado para uma visitinha", eu disse.

"Para falar a verdade, sim."

"Ela não perde a esperança com facilidade."

"Esperança?"

"De casá-lo com Phuong."

"Ela me disse que você vai embora."

"Esses boatos correm."

Pyle disse: "Está jogando limpo comigo, Thomas?".

"Jogando limpo?"

"Solicitei uma transferência", ele disse. "Não quero que ela fique para trás sem nenhum de nós dois."

"Pensei que fosse terminar seu período aqui."

Ele disse, sem autopiedade: "Percebi que não aguentaria".

"Quando parte?"

"Não sei. Acham que dá para arranjar alguma coisa em uns seis meses."

"Consegue aguentar seis meses?"

"Sou obrigado."

"Que motivo deu?"

"Contei ao adido econômico — você o conheceu, Joe — mais ou menos os fatos."

"Presumo que ele me julgue um filho da puta por não deixar que roube minha garota."

"Ah, não, na verdade ficou do seu lado."

O carro falhava e sacolejava — vinha falhando havia alguns instantes, acho, antes que eu notasse, pois estivera examinando a inocente pergunta de Pyle: "Está jogando limpo?". Pertencia a um mundo psicológico de grande simplicidade, um mundo em que se falava em democracia e numa honra diferente da que se vê escrita em velhas lápides britânicas; um mundo em que um filho pretende dizer com essas palavras o mesmo que seu pai dissera. Eu disse: "Está vazio".

"Acabou a gasolina?"

"Eu pus bastante. Enchi o tanque antes de sairmos. Aqueles filhos da puta em Tanyin devem ter roubado. Eu deveria ter percebido. É bem deles deixar o suficiente só para sairmos de sua zona."

"O que vamos fazer?"

"Dá para chegar até a próxima torre de observação. Vamos torcer para que tenham um pouco."

Mas estávamos sem sorte. O carro chegou a trinta metros da torre e parou. Fomos caminhando e, ao chegar à base, gritei em francês para os guardas que éramos amigos, que íamos subir. Não tinha o menor desejo de ser baleado por uma sentinela vietnamita. Não houve resposta: ninguém apareceu. Eu disse a Pyle: "Tem uma arma?".

"Nunca ando com uma."

"Eu também não."

As derradeiras cores do pôr do sol, verde e dourado como o arroz, gotejavam na orla daquele mundo plano: contra o céu neutro e cinzento, a torre parecia negra, como que impressa. Devia ser quase a hora do toque de recolher. Chamei outra vez e ninguém respondeu.

"Sabe quantas torres passamos desde o último forte?"

"Não notei."

"Nem eu." Eram provavelmente no mínimo seis quilômetros até o forte seguinte — uma hora de caminhada. Chamei uma terceira vez e o silêncio se repetiu como uma resposta.

Disse: "Parece estar vazia: melhor subir e ver". A bandeira amarela com listras vermelhas desbotadas, cor de laranja, mostrava que havíamos deixado o território dos hoa-haos e estávamos no território do exército vietnamita.

Pyle disse: "Não acha que se esperarmos aqui pode aparecer um carro?".

"Poder, pode, mas eles podem aparecer primeiro."

"Quer que eu volte e acenda os faróis? Como um sinal."

"Pelo amor de Deus, não. Deixe pra lá." Estava escuro o bastante para tropeçar à procura da escada. Algo estalou sob o pé; pude imaginar o som atravessando os arrozais, para chegar aos ouvidos de... quem? A silhueta de Pyle sumira e ele se tornara um borrão perto da estrada. A escuridão, quando descia, descia como uma pedra. Eu disse: "Fique aí até eu chamar". Pensei se o guarda não havia puxado sua escada para cima, mas lá estava ela — embora um inimigo pudesse subir, era o único jeito de escaparem. Comecei a subir.

Já li inúmeras vezes sobre os pensamentos de alguém no momento do medo: Deus, família, uma mulher. Admiro esse controle. Eu não pensei em nada, nem mesmo na porta de alçapão acima de mim: parei de existir, por alguns segundos; tornei-me o medo em estado puro. No alto da escada, bati a cabeça, pois o medo não conta degraus, nem ouve, nem vê. Então minha cabeça passou a ser o chão, ninguém atirou em mim e o medo se foi.

III

UMA PEQUENA LAMPARINA A ÓLEO ardia sobre o piso e dois homens se mantinham agachados contra a parede, me encarando. Um empunhava uma submetralhadora Sten, o outro, um fuzil, mas estavam tão assustados quanto eu estivera antes. Pareciam garotos de escola, mas para os vietnamitas a idade cai tão de repente quanto o sol — são meninos e depois já são velhos. Fiquei feliz que a cor de minha pele e o formato de meus olhos fossem um passaporte — não atirariam, agora, nem de medo.

Subi para o piso, falando para tranquilizá-los, dizendo-lhes que meu carro estava lá fora, que ficara sem combustível. Quem sabe não teriam um pouco para vender. Não parecia provável, conforme eu olhava em torno. Não havia nada naquele cubículo a não ser uma caixa de munição de Sten, um pequeno catre de madeira e dois embrulhos pendurados em um prego. Duas panelas com restos de arroz e os *hashis* revelavam que haviam comido sem muito apetite.

"Só o suficiente para chegarmos ao próximo forte?", perguntei.

Um dos homens sentados contra a parede — o do fuzil — balançou a cabeça.

"Se não tiverem, vamos ter que passar a noite aqui."

"*C'est défendu.*"

"Quem proíbe?"

"Você é civil."

"Ninguém vai me obrigar a ficar sentado lá fora na estrada para ter a garganta cortada."

"Você é francês?"

Só um homem falava. O segundo permanecia com a cabeça virada para o outro lado, observando através da fenda na parede. Podia não estar vendo nada além de um cartão-postal do céu; pareceu escutar algo e comecei a escutar também. O silêncio ficou prenhe de sons: ruídos que não dava para nomear — um estalo, um rangido, um farfalhar, algo como uma tossida, e um sussurro. Então ouvi Pyle: devia ter se aproximado da base da escada. "Está tudo bem, Thomas?"

"Suba aqui", chamei de volta. Ele começou a galgar a escada e o soldado silencioso mudou a Sten de posição — acho que não ouvira uma palavra do que disséramos: foi um movimento desajeitado, espasmódico. Percebi que o medo o deixara paralisado. Vociferei como um sargento: "Abaixe a arma!" e usei o tipo de obscenidade francesa que imaginei que entenderia. Ele me obedeceu automaticamente. Pyle entrou no recinto. Eu disse: "Nos ofereceram a segurança da torre até amanhecer".

"Ótimo", disse Pyle. Sua voz transmitia certa perplexidade. Ele disse: "Um desses dois patetas não deveria estar de sentinela?".

"Eles preferem não servir de alvo para os tiros. Quem dera você tivesse trazido alguma coisa mais forte que suco de limão."

"Quem sabe da próxima vez eu trago", disse Pyle.

"Temos uma longa noite pela frente."

Agora que Pyle estava comigo, eu não escutava mais os ruídos. Até mesmo os dois soldados pareciam ter relaxado um pouco.

"O que acontece se os viets os atacarem?", perguntou Pyle.

"Vão disparar um tiro e correr. Você lê isso todo dia no *Extrême Orient*. 'Um posto a sudoeste de Saigon foi temporariamente ocupado na noite passada pelo Viet Minh.'"

"Uma perspectiva nada boa."

"Há quarenta torres como esta entre nós e Saigon. Sempre existe uma chance de que o sujeito que vai se estrepar seja outro."

"Deveríamos ter dado cabo daqueles sanduíches", disse Pyle. "Continuo achando que seria melhor um deles manter o olho vivo."

"Ele está com medo é de ficar com o olho morto." Agora que também nós estávamos sentados no chão, os vietnamitas relaxaram um pouco. Sentia certa simpatia pelos dois: não era tarefa fácil para uma dupla de homens despreparados sentar ali noite após noite, sem nunca ter certeza de quando os viets poderiam se esgueirar até a estrada através dos arrozais. Eu disse a Pyle: "Acha que sabem que estão lutando pela democracia? A gente deveria trazer York Harding aqui para lhes explicar isso".

"Está sempre fazendo pouco caso de York", disse Pyle.

"Faço o mesmo com qualquer um que passe tanto tempo escrevendo sobre algo que não existe — conceitos mentais."

"Existem para ele. Você não tem conceitos mentais? Deus, por exemplo?"

"Não tenho a menor razão para acreditar em Deus. E você?"

"Tenho, claro. Sou unitarista."

"Em quantas centenas de milhões de Deus as pessoas acreditam? Vamos, até um católico acredita em um Deus completamente diferente quando está assustado, feliz ou faminto."

"Talvez seja que, se existe um Deus, ele é tão vasto que parece diferente para cada um."

"Como o grande Buda em Bangcoc", eu disse. "Não dá para abarcá-lo inteiro com o olhar. Mesmo assim, *ele* não se move."

"Acho que só está tentando bancar o forte", disse Pyle. "Deve haver algo em que acredite. Ninguém consegue viver sem crença nenhuma."

"Ah, não sou berkelianista. Acredito que minhas costas estão contra esta parede. Acredito naquela Sten ali."

"Não quis dizer isso."

"Acredito no que noticio, o que é mais do que seus correspondentes fazem."

"Cigarro?"

"Não fumo — só ópio. Dê um para os guardas. É melhor ficarmos amigos deles." Pyle se ergueu, acendeu um para cada um e voltou. Eu disse: "Quem dera os cigarros tivessem um significado simbólico, como o sal".

"Não confia neles?"

"Nenhum oficial francês", eu disse, "apreciaria passar a noite a sós com dois guardas assustados numa destas torres. Sabe, temos notícia até mesmo de um batalhão abandonando os oficiais. Às vezes, os viets conseguem mais resultado com um megafone do que com uma bazuca. Não os culpo. Eles tampouco creem em alguma coisa. Você e gente como você vêm tentando fazer uma guerra com a ajuda de pessoas que simplesmente não estão interessadas nisso."

"Eles não querem o comunismo."

"Querem arroz suficiente", eu disse. "Não querem levar tiros. Querem, um dia, ser como qualquer um. Não querem nossa pele branca por aí lhes dizendo o que querer."

"Se a Indochina se for…"

"Conheço a gravação.* O Sião se for. A Malásia se for. O que significa, este 'se for'? Se eu acreditasse num Deus ou numa outra vida, apostaria minha futura harpa contra sua coroa de ouro que, dentro de quinhentos anos, não haverá Nova York ou Londres, mas que haverá arrozais crescendo nesta terra, que estarão carregando sua produção para o mercado empurrando longas varas e usando chapéus pontudos. Os meninos continuarão sentados em búfalos. Gosto dos búfalos, eles não gostam do nosso cheiro, cheiro de europeu. E não se esqueça — do ponto de vista de um búfalo, você também é europeu."

---

* Referência ao pronunciamento de Eisenhower em convenção de governadores, a 4 de agosto de 1953, defendendo a intervenção norte-americana na área. (N. T.)

"Eles serão forçados a acreditar no que lhes for dito, não terão liberdade de pensar por si mesmos."

"Pensar é um luxo. Acha que o camponês fica sentado pensando em Deus e na democracia quando entra em sua cabana de barro à noite?"

"Fala como se o país inteiro fosse camponês. E as pessoas cultas? Elas estão felizes?"

"Ah, não", eu disse, "nós as educamos com nossas ideias. Ensinamos-lhes jogos perigosos e é por isso que estamos aqui, na esperança de não ter a garganta cortada. Merecemos que sejam cortadas. Quem dera seu amigo York estivesse aqui também. Imagino se iria gostar."

"York Harding é um homem muito corajoso. Sabe, na Coreia…"

"Ele não era um soldado recrutado, era? Tinha passagem de ida e volta. Com uma passagem dessas a coragem se torna um exercício intelectual, como um monge se flagelando. 'Quantas eu aguento?' Esses pobres-diabos não podem pegar um avião de volta para casa. Ei", chamei-os, "como se chamam?" Achei que saber disso de algum modo poderia trazê-los para dentro de nossa roda de conversa. Eles não responderam: apenas nos devolveram um olhar sombrio por trás das bitucas de cigarro. "Acham que somos franceses", eu disse.

"É disso que se trata", disse Pyle. "Você não deveria ser contra York, deveria ser contra os franceses. O colonialismo."

"Ismos e cracias. Dê-me fatos. Um patrão espanca seu seringueiro — tudo bem, sou contra. Ele não foi instruído a fazer isso pelo ministro das colônias. Na França, imagino que espancaria a esposa. Conheci um padre tão pobre que não tinha um par de calças extra, que trabalhava quinze horas por dia de cabana em cabana numa epidemia de cólera, sem nada para comer além de arroz e peixe salgado, celebrando sua missa com um velho cálice — uma travessa de madeira. Não acredito em Deus e mesmo assim fico do lado dele. Por que não chama isso de colonialismo?"

"Mas *é* colonialismo. York afirma que muitas vezes são os bons administradores que tornam difícil mudar um mau sistema."

"Seja como for, os franceses estão morrendo todos os dias — isso não é um conceito mental. Não estão seduzindo esta gente com meias verdades, como seus políticos fazem — ou os nossos. Estive na Índia, Pyle, e conheço o estrago que os liberais fazem. Não temos mais um partido liberal — o liberalismo contaminava os demais partidos. Somos todos conservadores liberais ou socialistas liberais: temos todos a consciência limpa. Prefiro ser um explorador que luta pelo que explora, e morrer com isso. Pegue a história de Burma. Vamos lá e invadimos o país; as tribos locais nos apoiam; saímos vitoriosos; mas, como vocês, americanos, não éramos colonialistas nessa época. Ah, não, firmamos a paz com o rei, devolvemos sua província e deixamos nossos aliados para serem crucificados e serrados ao meio. Eles eram inocentes. Pensaram que ficaríamos. Mas éramos liberais e não queríamos a consciência pesada."

"Isso foi há muito tempo."

"Devemos fazer o mesmo por aqui. Encoraje-os e deixe-os com algum equipamento e uma indústria de brinquedos."

"Indústria de brinquedos?"

"Seu plástico."

"Ah, é, entendo."

"Nem sei por que estou falando sobre política. O assunto não me interessa, sou um repórter. Não sou *engagé*."

"Não?", disse Pyle.

"Pelo prazer da discussão… para passar a maldita noite, só isso. Não tomo partido. Continuarei a cobrir a guerra, vença quem vencer."

"Se eles vencerem, suas informações serão mentiras."

"Em geral há um outro jeito de obtê-las, mas, a propósito, não tenho observado grande consideração pela verdade em nossos jornais."

Acho que o fato de ficarmos sentados ali conversando encorajou os dois soldados: talvez pensassem que o som de nossas vozes brancas — pois vozes têm cor também, as vozes amarelas cantam e as vozes negras gargarejam, enquanto as nossas apenas falam — passaria uma impressão de número e manteria os viets à distância. Pegaram suas panelas e começaram a comer outra vez, raspando com os pauzinhos, os olhos fixos em Pyle e em mim por sobre a borda da panela.

"Então acha que perdemos?"

"Não é essa a questão", eu disse. "Não tenho nenhum desejo particular de vê-los vencer. Queria que os dois parceiros ali fossem felizes — só isso. Gostaria que não tivessem de ficar sentados apavorados à noite no escuro."

"É preciso lutar pela liberdade."

"Não vi nenhum americano lutando por aqui. E, quanto à liberdade, não sei o que isso significa. Pergunte a eles." Ergui a voz lá do outro lado do piso: "La liberté... qu'est ce que c'est la liberté?". Enfiaram o arroz na boca, nos encararam de volta e não disseram nada.

Pyle disse: "Quer que todo mundo seja forjado com o mesmo caráter? Você discute pelo prazer da discussão. É um intelectual. Defende a importância do indivíduo tanto quanto eu... ou York".

"Por que acabamos de descobrir isso?", eu disse. "Quarenta anos atrás, ninguém falava desse jeito."

"A individualidade não estava sob ameaça, nessa época."

"A nossa não estava, não mesmo, mas quem dava a mínima para a individualidade do homem no arrozal — e agora, quem dá? O único a tratá-lo como um homem é o comissário do Partido. Senta-se em sua cabana, pergunta seu nome, ouve suas queixas; reserva uma hora do dia para doutriná-lo — independente do motivo, ele está sendo tratado como um homem, como alguém de valor. Não me venha com essa papagaiada sobre ameaça à alma do indivíduo aqui no Oriente. Aqui, vai se ver do lado errado — são eles que defendem o indivíduo, nós só defendemos o soldado número 23987, unidade da estratégia global."

"Não acredita em metade do que afirma", disse Pyle, desconfortável.

"Talvez uns três quartos. Faz tempo que estou aqui. Sabe, por sorte não sou *engagé*, tem coisas que fico tentado a fazer... porque aqui, no Oriente... bom, *I don't like Ike.** Gosto é destes dois. Este país é deles. Que horas são? Meu relógio parou."

"Oito e meia passadas."

"Mais dez horas e podemos ir andando."

"Está ficando bem frio", disse Pyle, estremecendo. "Nunca ia imaginar uma coisa dessas."

"Estamos cercados por água. Tenho um cobertor no carro. Será o suficiente."

"É seguro?"

"Ainda é cedo para os viets."

"Deixe que eu vou."

"Estou mais acostumado ao escuro."

Quando fiquei de pé os soldados pararam de comer. Eu disse: "Je reviens, tout de suite". Pendurei as pernas através do alçapão, encontrei a escada e desci. É engraçado como uma conversa pode tranquilizar, sobretudo se for sobre assuntos abstratos: parece emprestar normalidade ao ambiente mais estranho. Já não estava mais assustado: era como se eu estivesse saindo de um quarto e fosse voltar para lá a fim de continuar a discussão — a torre de observação era a rue Catinat, o bar do Majestic ou mesmo um quarto na Gordon Square.

---

* O slogan de campanha do candidato Eisenhower (apelidado de Ike) em 1952 era "*I like Ike*", "gosto de Ike". (N. T.)

Fiquei ao lado da torre por um minuto, até recobrar a visão. A noite estava estrelada, mas sem luar. O luar me lembra um velório e o frio banho de luz de um globo sem sombras sobre uma laje de mármore, mas a luz das estrelas é viva e nunca para, quase como se alguém na vastidão do espaço tentasse transmitir uma mensagem de boas-vindas, pois até mesmo os nomes das estrelas são amigáveis. Vênus é toda mulher amada, as Ursas são os ursos da infância e presumo que o Cruzeiro do Sul, para aqueles, como minha esposa, que têm fé, seja um hino querido ou uma oração junto à cama. Estremeci um pouco, como Pyle fizera. Mas a noite estava bastante quente, apenas a água rasa de ambos os lados emprestava uma certa sensação enregelada ao calor. Andei em direção ao carro e, por um momento, quando cheguei na estrada, achei que não estava mais lá. Isso levou minha confiança embora, mesmo depois de lembrar que o carro morrera a trinta metros dali. Não pude evitar andar com os ombros curvados: eu me sentia menos exposto, desse jeito.

Tinha de destrancar o porta-malas para apanhar o cobertor e, no silêncio, o clique e o rangido me provocaram um sobressalto. Não era nada agradável ser o único ruído no que devia ser uma noite cheia de gente. Com o cobertor no ombro, abaixei a tampa com mais cuidado do que a erguera e então, no momento em que a trava fechou, o céu na direção de Saigon brilhou num clarão e o barulho de uma explosão veio trovejando pela estrada. Uma metralhadora Bren soltou uma rajada após outra e então voltou a ficar em silêncio antes que o estrondo cessasse. Pensei: "Alguém foi atingido", e muito ao longe escutei vozes se lamuriando de dor ou medo ou talvez até de triunfo. Não sei por que, mas pensava o tempo todo em algum ataque vindo de trás, da estrada que havíamos percorrido, e por um momento senti como se fosse uma deslealdade que os viets pudessem estar à nossa frente, entre nós e Saigon. Era como se, inconscientemente, houvéssemos dirigido rumo ao perigo, em vez de fugir dele, assim como agora eu caminhava em sua direção, de volta à torre. Eu andava porque isso era menos barulhento que correr, embora meu corpo quisesse correr.

Ao pé da escada chamei Pyle: "Sou eu... Fowler". (Mesmo então não conseguia me forçar a usar meu nome com ele.) A cena no interior do lugar mudara. As panelas de arroz estavam de volta ao chão; um dos homens sustentava o fuzil no quadril e se apoiava contra a parede, olhos fixos em Pyle, e Pyle se afastara de joelhos pouca coisa da parede oposta, fitando a Sten entre ele e o segundo guarda. Era como se tivesse começado a se mover em direção a ela, para então ser detido. O braço do segundo guarda se estendia em direção à arma; não houvera luta ou sequer ameaça, era como uma brincadeira infantil em que não se deve deixar que os demais percebam que se mexeu ou você é mandado de volta à posição inicial, para começar outra vez.

"O que está acontecendo?", eu disse.

Os dois guardas olharam para mim e Pyle deu o bote, puxando a Sten para seu lado.

"É uma brincadeira?", perguntei.

"Não confio nele com a arma", disse Pyle, "se eles estiverem a caminho."

"Já usou uma Sten?"

"Não."

"Isso é ótimo. Eu também não. Fico feliz que esteja carregada — não saberíamos como recarregá-la."

Os guardas aceitaram tranquilamente a perda da arma. O primeiro abaixou o fuzil e o deitou em suas coxas; o outro se encolheu rente à parede e fechou os olhos como se, igual a uma criança, acreditasse que ficaria invisível na escuridão. Talvez estivesse feliz por não ter mais nenhuma responsabilidade. Em algum lugar distante a Bren começou outra vez — três rajadas e então o silêncio. O segundo guarda cerrou os olhos ainda com mais força.

"Não sabem que não sabemos usá-la", disse Pyle.

"Em princípio, estão do nosso lado."

"Pensei que você não tivesse um lado."

"Me pegou", eu disse. "Queria que os viets soubessem disso."

"O que está acontecendo lá fora?"

Citei mais uma vez o *Extrême Orient* do dia seguinte: "Um posto a cinquenta quilômetros de Saigon foi atacado e temporariamente capturado na noite de ontem por tropas irregulares vietminhs".

"Acha que seria mais seguro nos arrozais?"

"Seria terrivelmente molhado."

"Não parece preocupado", disse Pyle.

"Estou paralisado de medo — mas as coisas estão melhores do que poderiam. Em geral não atacam mais do que três postos em uma noite. Nossas chances melhoraram."

"O que foi isso?"

Era o som de um veículo pesado vindo pela estrada, na direção de Saigon. Fui até a fenda de tiro e olhei para baixo, bem na hora em que um tanque passava.

"A patrulha", eu disse. O canhão na torre do veículo virava ora para este lado, ora para aquele. Quis chamá-los lá de cima, mas de que adiantaria? Não tinham espaço a bordo para dois civis inúteis. A terra tremeu um pouco quando passaram e então se foram. Olhei meu relógio — oito e cinquenta e um — e aguardei, forçando a vista para ler quando a luz oscilou. Era como avaliar a distância do raio pela pausa antes do trovão. A certa altura pensei identificar uma bazuca respondendo, então tudo ficou em silêncio outra vez.

"Quando voltarem", disse Pyle, "poderíamos fazer um sinal para nos darem uma carona até o acampamento."

Uma explosão sacudiu o piso. "Se voltarem'", eu disse. "Isso pareceu uma mina." Quando olhei o relógio outra vez, eram mais de nove e quinze e o tanque ainda não regressara. Não houve mais disparos.

Sentei ao lado de Pyle e estiquei as pernas. "Melhor tentar dormir", disse. "Não há mais nada que possamos fazer."

"Estou um pouco apreensivo com estes dois", disse Pyle.

"Tudo bem com eles, contanto que os viets não apareçam. Enfie a Sten debaixo da perna, só por segurança." Fechei os olhos e tentei me imaginar em algum outro lugar — sentado num daqueles compartimentos de quarta classe que havia nos trens alemães antes de Hitler subir ao poder, naqueles dias em que um jovem passava a noite toda sem saber o que era melancolia, quando os devaneios eram cheios de esperança, não de medo. Era nessa hora que Phuong sempre preparava meus cachimbos noturnos. Imaginei se haveria uma carta à minha espera — melhor não, assim eu esperava, pois sabia qual seria o conteúdo de tal carta, e na medida em que nenhuma chegava eu podia devanear com o impossível.

"Está dormindo?", perguntou Pyle.

"Não."

"Não acha que deveríamos puxar a escada para cima?"

"Começo a entender por que não fazem isso. É a única rota de fuga."

"Queria que aquele tanque voltasse."

"Mas não vai."

Eu tentava olhar o relógio só depois de longos intervalos, mas os intervalos nunca eram tão longos quanto pareciam. Nove e quarenta, dez e cinco, dez e vinte, dez e trinta e dois, dez e quarenta e um.

"Está acordado?", disse a Pyle.

"Estou."

"No que está pensando?"

Ele hesitou. "Phuong", disse.

"Sério?"

"Só fiquei imaginando o que ela estaria fazendo."

"Isso eu posso responder. Chegou à conclusão de que vou passar a noite em Tanyin — não será a primeira vez. Deve estar deitada na cama com um incenso queimando, para espantar os mosquitos, e olhando as fotos numa velha *Paris Match*. Como os franceses, é apaixonada pela família real."

Ele disse, melancólico: "Deve ser maravilhoso saber exatamente", e pude imaginar seus meigos olhos de cachorro na escuridão. Deveriam tê-lo batizado de Fido, não de Alden.

"Não posso saber de verdade — mas provavelmente é isso mesmo. De que adianta ser ciumento quando não se pode fazer nada a respeito? 'Para o ventre não existem barricadas.'"*

"Às vezes, odeio seu jeito de falar, Thomas. Sabe como ela parece, para mim? Algo fresco, como uma flor."

"Pobre flor", eu disse. "Cercada de erva daninha."

"Onde a conheceu?"

"Ela estava dançando no Grand Monde."

"Dançando", exclamou, como se a ideia fosse dolorosa.

"É uma profissão perfeitamente respeitável", eu disse. "Não se preocupe."

"Você tem um bocado de experiência, Thomas."

"Tenho um bocado de anos. Quando estiver com minha idade…"

"Nunca tive uma garota", ele disse, "não do modo apropriado. Não o que você chamaria de uma experiência de verdade."

"Essa sua gente parece gastar um bocado de energia só assobiando."

"Nunca contei isso a ninguém."

"Você é jovem. Não tem do que se envergonhar."

"Você teve muitas mulheres, Fowler?"

"Não sei o que 'muitas' significa. Não mais do que quatro tiveram alguma importância para mim… ou eu para elas. As outras quarenta sei lá quantas… a gente se pergunta por que faz isso. Tem

---

* *"No barricado for a belly"*: frase com que Leontes expressa desconfiança sobre a fidelidade de sua rainha, Hermíone, no *Conto de inverno*, ato 1, cena 2. (N. T.)

a ver com higiene, com as obrigações sociais da pessoa — as duas ideias são equivocadas."

"Você acha mesmo que são equivocadas?"

"Quem dera pudesse ter essas noites de volta. Continuo apaixonado, Pyle, e sou um ativo exaurível. Ah, tinha o orgulho, claro. Leva um bom tempo até você deixar de sentir orgulho de ser desejado. Mas sabe Deus por que deveríamos, quando a gente olha em torno e vê quem também é."

"Não acha que existe alguma coisa errada comigo, acha, Thomas?"

"Não, Pyle."

"Não quer dizer que não sinto falta, Thomas, como qualquer um. Não sou... esquisito."

"Nenhum de nós sente tanta falta quanto diz. Há um bocado de auto-hipnose em torno do assunto. Hoje sei que não precio de ninguém — exceto de Phuong. Mas isso é uma coisa que a pessoa aprende com o tempo. Eu poderia ficar um ano sem passar a noite em claro se ela não existisse."

"Mas ela existe", ele disse, numa voz quase inaudível.

"A pessoa começa promíscua e termina como o avô, fiel a uma única mulher."

"Acho que deve soar muito ingênuo, começar assim..."

"Não."

"Não está no Relatório Kinsey."

"É por isso que não é ingênuo."

"Sabe, Thomas, acho muito bom estar aqui, conversando com você desse jeito. De algum modo, já não parece mais perigoso."

"A gente costumava se sentir assim, na *blitz*", eu disse, "quando vinha a calmaria. Mas eles sempre voltavam."

"Se alguém lhe perguntasse sobre sua experiência sexual mais profunda, o que diria?"

Eu sabia a resposta para isso. "Deitado na cama de manhã, observando uma mulher de penhoar vermelho escovar o cabelo."

"Joe disse que foi estar na cama com uma china e uma negra ao mesmo tempo."

"Eu também teria pensado nessa aos vinte anos."

"Joe tem cinquenta."

"Fico me perguntando que idade mental lhe deram na guerra."

"Phuong era a garota do penhoar vermelho?"

Preferia que não tivesse feito essa pergunta.

"Não", eu disse, "essa mulher foi antes. Quando deixei minha esposa."

"O que aconteceu?"

"Também a deixei."

"Por quê?"

É mesmo, por quê? "Somos uns idiotas", eu disse, "quando estamos apaixonados. Eu tinha pavor de perdê-la. Achei ter percebido que ela estava mudando — não sei se estava de fato, mas não dava para suportar a incerteza por mais tempo. Corri em direção ao fim como um covarde corre em direção ao inimigo e ganha uma medalha. Eu queria levar a melhor sobre a morte."

"A morte?"

"Era um tipo de morte. Depois vim para o Oriente."

"E conheceu Phuong."

"É."

"Mas não sente a mesma coisa com Phuong?"

"Não a mesma coisa. Sabe, aquela outra me amava. Eu tive medo de perder o amor. Agora, só tenho medo de perder Phuong."

Por que disse isso, eu gostaria de saber. Ele não precisava de encorajamento vindo de mim.

"Mas ela o ama, não?"

"Não desse jeito. Não é de sua natureza. Você vai descobrir. É um clichê chamá-las de crianças — mas têm algo de infantil. Elas retribuem seu amor em troca de bondade, segurança, os presentes que você dá — odeiam-no por um tapa ou uma injustiça. Não sabem o que é... simplesmente ir entrando em um quarto e fazendo amor com um estranho. Para um homem que está ficando velho, Pyle, é bastante seguro — ela não vai fugir de casa, enquanto a casa for um lar feliz."

Não tive intenção de magoá-lo. Só me dei conta de que o fizera quando ele disse, com raiva contida: "Ela pode preferir maior segurança ou mais bondade...".

"Talvez."

"Não tem medo disso?"

"Não tanto quanto tive da outra vez."

"Afinal, você a ama?"

"Ah, claro, Pyle, claro. Mas daquele outro jeito, só amei uma vez."

"Apesar das quarenta e tantas mulheres", falou ele, com rispidez.

"Tenho certeza de que está na média de Kinsey. Sabe, Pyle, mulheres não querem virgens. Não tenho certeza nem de que nós, homens, queremos, exceto os do tipo patológico."

"Eu não quis dizer que fosse virgem", ele disse. Todas minhas conversas com Pyle pareciam tomar direções bizarras. Seria por causa de sua sinceridade que elas saíam tanto dos trilhos habituais? Sua conversa nunca dobrava uma esquina.

"Você pode ter uma centena de mulheres e ainda assim ser virgem, Pyle. A maioria de seus soldados enforcados por estupro na guerra eram virgens. Não temos tantos casos na Europa. Felizmente. Eles causam um bocado de estrago."

"Simplesmente não o entendo, Thomas."

"Não vale a pena explicar. O assunto me entedia, de qualquer modo. Cheguei a uma idade em que sexo não é o problema, não tanto quanto a velhice e a morte. Acordo com isso na cabeça, não com o corpo de uma mulher. Só não quero viver sozinho minha última década, só isso. Não saberia no que pensar o dia inteiro. Antes ter uma mulher no mesmo quarto... até mesmo uma que eu não ame. Mas, se Phuong me deixar, será que terei energia para encontrar outra?"

"Se isso é tudo que ela significa para você..."

"Tudo, Pyle? Espere até ficar com medo de viver dez anos sozinho sem companhia, com uma casa de repouso a sua espera no fim. Então vai começar a correr em qualquer direção, mesmo que longe da garota com o penhoar vermelho, para encontrar alguém, qualquer uma, que dure até que você tenha chegado ao fim."

"Por que não volta para sua esposa, então?"

"Não é fácil viver com alguém que você feriu."

Uma Sten disparou uma longa rajada — não podia ser a mais de um quilômetro e meio de distância. Talvez uma sentinela nervosa estivesse atirando em sombras; talvez outro ataque houvesse começado. Tinha esperança de que fosse um ataque — aumentava nossas chances.

"Está com medo, Thomas?"

"Claro que estou. Com todos meus instintos. Mas minha razão me diz que é melhor morrer assim. Foi por isso que vim para o Oriente. A morte fica logo ali." Olhei o relógio. Mais de onze. Uma noite de oito horas e então poderíamos relaxar. Disse: "Parece que já falamos sobre quase tudo, menos sobre Deus. Melhor guardar o assunto para depois da meia-noite".

"Não acredita Nele, acredita?"

"Não."

"As coisas não fariam sentido para mim sem Ele."

"Não fazem sentido para mim com ele."

"Li um livro uma vez..."

Jamais soube o que Pyle havia lido. (Presumivelmente, não era York Harding, Shakespeare, a antologia do verso contemporâneo ou *A fisiologia do casamento* — talvez fosse *O triunfo da vida*.)

Uma voz penetrou direto na torre, parecendo vir em nossa direção das sombras sob o alçapão — uma voz cavernosa de megafone dizendo algo em vietnamita. "Estamos fritos", eu disse. Os dois guardas escutavam, o rosto virado para a fenda de tiro, as bocas entreabertas.

"O que está acontecendo?", perguntou Pyle.

Caminhar até a abertura era como caminhar através da voz. Dei uma olhada rápida lá fora: não havia coisa alguma para ver — não dava nem mesmo para distinguir a estrada e, quando voltei a olhar para dentro, o fuzil estava apontado, não tenho certeza se para mim ou para a fenda. Mas, quando me movi ao longo da parede, o fuzil oscilou, hesitou, me manteve na mira: a voz prosseguia, dizendo a mesma coisa, vez após outra. Sentei-me, e o fuzil abaixou.

"O que ele está dizendo?", perguntou Pyle.

"Não sei. Imagino que tenham encontrado o carro e estejam dizendo a esses dois aqui para nos entregar ou sabe-se lá o quê. Melhor apanhar a Sten antes que se decidam."

"Ele vai atirar."

"Ainda não se decidiu. Quando o fizer, vai atirar, de um jeito ou de outro."

Pyle moveu a perna e o fuzil apontou.

"Vou contornar a parede", eu disse. "Quando a luz refletir nos olhos dele, ponha-o na mira."

Assim que fiquei de pé, a voz cessou: o silêncio me deu um susto. Pyle disse, ríspido: "Largue a arma". Só tive tempo de pensar se a Sten estava mesmo carregada — não me dera ao trabalho de verificar —, quando o homem largou o fuzil.

Atravessei a torre e peguei a arma. Então a voz começou outra vez — fiquei com a impressão de que não mudara uma sílaba. Talvez fosse uma gravação. Fiquei pensando quando expiraria o ultimato.

"E agora, o que acontece?", perguntou Pyle, como um aluno observando uma demonstração no laboratório: a coisa não parecia lhe dizer respeito pessoalmente. "Talvez uma bazuca, talvez um viet."

Pyle examinou a Sten. "Não parece haver mistério algum neste negócio", ele disse. "Acha que dou um disparo?"

"Não, deixe que hesitem. Eles achariam melhor tomar o posto sem abrir fogo e isso nos dá mais tempo. Melhor cair fora rápido."

"Podem estar esperando lá embaixo."

"É."

Os dois homens nos observavam — escrevo homens, mas duvido que a soma de suas idades chegasse a quarenta anos. "E estes aí?", perguntou Pyle, acrescentando, com franqueza chocante: "Atiro neles?". Talvez quisesse testar a Sten.

"Não fizeram nada."

"Iam nos entregar."

"Por que não?", eu disse. "Não temos nada que fazer aqui. O país é deles."

Descarreguei o fuzil e pousei-o no chão. "Não acredito que vai deixar isso aí", ele disse.

"Estou velho demais para correr com um fuzil. E esta guerra não é minha. Vamos."

Não era minha guerra, mas eu queria que aqueles sujeitos na escuridão também soubessem disso. Apaguei a lamparina a óleo com um sopro e enfiei as pernas pelo alçapão, procurando a escada. Dava para ouvir os guardas sussurrando um para o outro como *crooners*, em sua língua, que era como uma canção.

"Corra sempre para a frente", disse para Pyle, "na direção do arrozal. Lembre que tem água — não sei a profundidade. Pronto?"

"Pronto."

"Obrigado pela companhia."

"Sempre um prazer", disse Pyle.

Escutei os guardas se mexendo atrás de nós: imaginei se teriam facas. A voz de megafone falava de maneira peremptória, como que oferecendo uma última chance. Alguma coisa se moveu suavemente na escuridão sob nós, mas podia ter sido um rato. Hesitei. "Meu Deus, como eu queria uma bebida", sussurrei.

"Vamos lá."

Alguma coisa vinha subindo pela escada: não escutei nada, mas a escada tremia sob meus pés.

"Por que não vai?", disse Pyle.

Não sei por que achei que aquilo fosse alguma coisa, aquela aproximação furtiva e silenciosa. Só um homem podia galgar uma escada e, contudo, eu não conseguia pensar naquilo como um homem igual a mim — era como um animal em movimento vindo me matar, muito quieto e certamente com a falta de remorso de uma outra espécie de criação. A escada balançava feito louca e eu imaginava ver seus olhos faiscando na minha direção. De repente, não pude mais suportar aquilo e pulei, e não havia absolutamente nada ali a não ser o solo fofo, que envolveu meu tornozelo e o torceu como uma mão teria feito. Pude ouvir Pyle descendo a escada; percebi o tolo apavorado que eu fora, incapaz de reconhecer a própria tremedeira, logo eu que acreditava ser forte e pouco sugestionável, tudo que um repórter e observador confiável deveria ser. Fiquei de pé e quase tombei outra vez com a dor. Saí para o campo arrastando um pé atrás de mim e escutei Pyle vindo logo depois. Então o projétil da bazuca explodiu na torre e me vi novamente com o rosto no chão.

IV

"ESTÁ MACHUCADO?", disse Pyle.

"Alguma coisa atingiu minha perna. Nada sério."

"Vamos continuar", insistiu comigo. Dava para vê-lo só porque parecia coberto com uma fina camada de pó branco. Depois ele simplesmente sumiu, como uma imagem na tela quando as lâmpadas do projetor falham: só a trilha sonora continuou. Com muito cuidado, apoiei-me no joelho bom e tentei me erguer sem jogar peso no tornozelo esquerdo machucado, e então caí novamente sem fôlego, de tanta dor. Não era meu tornozelo: alguma coisa acontecera com minha perna esquerda. Não conseguia me preocupar — a dor afastara a precaução. Fiquei deitado no chão, absolutamente imóvel, na esperança de que a dor não me achasse outra vez. Cheguei até a prender a respiração, como alguém com dor de dente. Não pensava nos viets que em breve estariam vasculhando as ruínas da torre: outro projétil explodiu ali — queriam ter certeza, antes de entrar. Como custa dinheiro, pensei, à medida que a dor cedia, matar uns poucos seres humanos — matar cavalos sai muito mais barato. Eu não podia estar inteiramente consciente, pois comecei a pensar que perambulava pelo pátio de um peleteiro que era o terror de minha infância, na pequena cidade onde nasci. A gente acreditava escutar os relinchos de medo dos cavalos e a detonação da assassina indolor.

Passou-se algum tempo até que a dor voltasse, enquanto permaneci deitado imóvel e segurando a respiração, que me pareceu de igual importância. Perguntei-me com total lucidez se não deveria rastejar até o arrozal. Os viets talvez não tivessem tempo de dar uma busca muito ampla. Outra patrulha estaria a caminho a essa altura, tentando contatar o pessoal do primeiro tanque. Mas eu estava com mais medo da dor que dos soldados, e continuei imóvel. Em parte alguma se escutava o menor sinal de Pyle: provavelmente chegara ao arrozal. Então, ouvi alguém choramingando. Vinha da direção da torre, ou do que restara dela. Não era como um homem chorando, mas como uma criança com medo do escuro e ainda assim com medo de gritar. Presumi que fosse um dos dois rapazes — talvez seu companheiro tivesse sido morto. Esperava que os viets não tivessem cortado sua garganta. Ninguém deveria travar guerra com crianças e um pequeno corpo retorcido numa vala voltou a minha mente. Fechei os olhos — isso também ajudou a manter a dor afastada — e esperei. Uma voz disse algo que não compreendi. Cheguei quase a achar que poderia dormir com a escuridão, a solidão e a ausência de dor.

Então ouvi Pyle sussurrando: "Thomas. Thomas". Aprendera rápido a arte de andar na ponta dos pés; eu não o escutara voltar.

"Vá embora", sussurrei em resposta.

Ele me encontrou e se deitou a meu lado. "Por que não veio? Está machucado?"

"Minha perna. Acho que quebrou."

"Uma bala?"

"Não, não. Uma tora de madeira. Pedra. Alguma coisa da torre. Não está sangrando."

"Precisa fazer um esforço."

"Vá embora, Pyle. Não quero, dói demais."

"Que perna é?"

"A esquerda."

Ele rastejou a meu lado e enroscou meu braço em torno de seu ombro. Eu queria choramingar como o garoto da torre e de repente me senti furioso, mas era difícil expressar a raiva sussurrando. "Maldito seja, Pyle, me deixe em paz. Quero ficar."

"Mas você não pode."

Ele me puxava, com metade do meu corpo apoiado em seu ombro. A dor era intolerável. "Não seja idiota bancando o herói. Não quero ir."

"Precisa me ajudar", ele disse, "ou seremos pegos os dois."

"Você…"

"Silêncio, ou vão ouvi-lo." Eu chorava de exasperação — não havia palavra mais apropriada. Guindei o corpo, escorando-me contra ele e puxando a perna esquerda pendente — éramos como competidores desajeitados em uma corrida de três pernas e não teríamos tido a menor chance se, no momento em que nos pusemos em marcha, uma Bren não começasse a fazer fogo em rajadas rápidas e curtas de algum lugar na estrada em direção à torre seguinte. Podia ser só uma patrulha se exercitando ou talvez estivessem completando o escore de três torres destruídas. O som encobriu o ruído de nossa fuga lenta e desajeitada.

Não tenho certeza se permaneci consciente o tempo todo: acho que ao longo dos últimos vinte metros Pyle deve ter quase carregado todo meu peso. Ele disse: "Cuidado, agora. Vamos entrar". O arroz seco roçava em torno de nós e chapinhávamos na lama, afundando mais e mais. A água atingia a altura de nossas cinturas quando Pyle parou. Ele ofegava e, ao puxar o ar, soou como uma rã-touro.

"Desculpe", eu disse.

"Eu não podia largá-lo lá", disse Pyle.

A sensação inicial foi de alívio; a água e a lama sustentavam minha perna com suavidade e firmeza, como uma bandagem, mas em pouco tempo começamos a tiritar de frio. Eu me perguntava se seria mais de meia-noite; podíamos ter ainda seis horas daquilo pela frente se os viets não nos encontrassem.

"Pode jogar o peso um pouco pra lá", pediu Pyle, "só um minuto?" E minha irritação sem sentido voltou — não tinha nenhuma desculpa para ela, a não ser a dor. Eu não pedira para ser salvo, ou para que a morte fosse tão dolorosamente postergada. Pensei com nostalgia em meu sofá no chão firme e seco. Eu me apoiava sobre uma perna como uma garça, tentando aliviar Pyle do peso e, quando me mexia, os caules de arroz coçavam, cortavam e estalavam.

"Você salvou minha vida, ali", eu disse, e Pyle limpou a garganta para a resposta convencional, "para que eu pudesse morrer aqui. Prefiro a terra seca."

"Melhor ficar quieto", disse Pyle, como se falasse com um inválido.

"Com os diabos, quem foi que pediu para salvar minha vida? Vim ao Oriente para ser morto. É como sua maldita impertinência..." Eu cambaleei na lama e Pyle içou meu braço em torno do pescoço. "Calma, agora", ele disse.

"Você viu filmes de guerra demais. Não somos fuzileiros americanos e você não vai ganhar uma condecoração de guerra."

"Shh." Era o som de passos vindo da beirada do arrozal. A Bren na estrada parou de abrir fogo e não houve mais som algum exceto as pisadas e o suave roçar do arroz quando respirávamos. Então o som de passos cessou: pareciam vir de um quarto ao lado. Senti a mão de Pyle no meu lado bom me pressionando cuidadosamente para baixo; afundamos juntos na lama, bem devagar, como que para provocar a menor perturbação possível no arroz. Sobre um joelho, forçando a cabeça para trás, mal dava para manter a boca acima da superfície. A dor voltou à perna e pensei: "Se desmaiar aqui, vou me afogar" — sempre temi e odiei a ideia de me afogar. Por que a pessoa não pode escolher a própria morte? Não se escutava o menor ruído, agora: talvez, a uns cinco ou seis metros dali, estivessem à espera de um farfalhar, uma tossida, um espirro — Deus do céu, pensei, vou espirrar. Se ao menos ele tivesse me abandonado, eu seria responsável só por minha própria vida — não pela dele, e ele queria viver. Apertei os dedos livres contra o lábio superior, naquele truque que aprendemos quando crianças, ao brincar de esconde-esconde, mas a comichão continuou, pronta para vir à tona, e silenciosos no escuro os outros esperavam pelo estouro. Veio vindo, vindo, veio...

Mas no exato segundo em que meu espirro explodiu, os viets abriram fogo com as Stens, disparando uma rajada através do arroz — aquilo engoliu meu espirro, com sua perfuração aguda parecida a uma máquina fazendo furos no aço. Tomei fôlego e mergulhei — tão instintivamente a pessoa evita a coisa amada, o flerte com a morte, como uma mulher que pede para ser estuprada pelo amante. O arroz foi fustigado acima de nossas cabeças e a tempestade passou. Subimos para respirar no mesmo instante e escutamos os passos se afastando em direção à torre.

"Conseguimos", disse Pyle, e mesmo em minha dor me perguntei o que havíamos conseguido: quanto a mim, a velhice, uma cadeira de editor, solidão; quanto a ele, hoje sei que falava prematuramente. Então, no frio, acalmamo-nos para esperar. Na estrada para Tanyin, um fogo veio à vida — ardendo alegremente, como numa celebração.

"Meu carro...", eu disse.

Pyle disse: "Que pena, Thomas. Odeio ver desperdício".

"Devia ter gasolina suficiente no tanque apenas para pôr fogo. Está com tanto frio quanto eu, Pyle?"

"Não poderia estar mais."

"Que tal sairmos daqui e rastejarmos pela estrada?"

"Vamos lhes dar mais meia hora."

"O peso está todo em você."

"Eu aguento, sou jovem." Dissera a frase com intenção jocosa, mas ela soou fria como a lama. Fora minha intenção pedir desculpas pelo modo como minha dor havia se expressado, mas a dor voltou a tomar a palavra. "É, é jovem. Pode se dar ao luxo de esperar, não é mesmo?"

"Não entendo, Thomas."

Havíamos passado o que parecia ser uma semana de noites juntos, mas ele não podia me entender mais do que conseguia entender francês. Eu disse: "Melhor seria se tivesse me deixado para trás".

"Não poderia olhar nos olhos de Phuong", ele disse, e o nome ficou pairando ali como uma aposta da banca. Paguei para ver.

"Então foi por ela", eu disse. O que tornava meu ciúme ainda mais absurdo e humilhante era ter de expressá-lo num sussurro de voz — sem tom algum —, quando o ciúme pede a histrionice. "Acha que esse heroísmo vai conquistá-la. Como está equivocado. Se eu estivesse morto, aí sim poderia tê-la."

"Não foi isso que quis dizer", disse Pyle. "Quando você está apaixonado, quer jogar segundo as regras, só isso." Era verdade, pensei, mas não do jeito inocente que ele achava. Estar apaixonado é ver-se a si mesmo como alguma outra pessoa o vê, é estar apaixonado pela imagem falsa e exaltada de si próprio. Apaixonados, somos incapazes de honra — o ato corajoso nada mais é que desempenhar um papel para um público de dois. Podia ser que eu não estivesse mais apaixonado, mas lembrava como era.

"Se fosse o contrário, eu o teria abandonado", eu disse.

"Ah, não teria não, Thomas." Acrescentou, com complacência insuportável: "Conheço-o melhor do que você mesmo". Furioso, tentei me afastar dele e aguentar meu próprio peso, mas a dor voltou rugindo como um trem dentro de um túnel, e me dobrei ainda mais pesadamente contra seu corpo, antes de começar a afundar na água. Ele me cingiu com os dois braços e me ergueu, e então, centímetro por centímetro, começou a me arrastar até a margem e a beira da estrada. Quando chegou lá, deitou-me de comprido na lama rasa abaixo da ribanceira, na margem do arrozal, e assim que a dor retrocedeu e abri os olhos e deixei de conter a respiração, pude ver apenas a elaborada criptografia das constelações — uma criptografia estrangeira que eu era incapaz de ler: não eram as estrelas do meu lar. Seu rosto se inclinou sobre o meu, eclipsando-as. "Vou descer a estrada, Thomas, para encontrar uma patrulha."

"Não seja idiota", eu disse. "Vão atirar antes de saber quem é. Isso se os viets não o pegarem."

"É a única chance. Não pode ficar na água por seis horas."

"Então me deixe na estrada."

"Adianta deixá-lo com a Sten?", perguntou, indeciso.

"Claro que não. Se está decidido a ser um herói, ao menos vá devagar em meio ao arrozal."

"A patrulha passaria antes que eu pudesse sinalizar."

"Você não fala francês."

"Vou gritar '*Je suis Frongçais*'. Não se preocupe, Thomas. Serei bastante cuidadoso." Antes que eu pudesse retrucar, estava fora do alcance de um sussurro — movia-se o mais silenciosamente de que era capaz, fazendo pausas frequentes. Pude vê-lo à luz do carro que ardia, mas nenhum tiro foi disparado; em pouco tempo passou além das chamas e em menos tempo ainda o silêncio preencheu suas pegadas. Ah, sim, estava sendo cuidadoso, assim como fora cuidadoso descendo o rio de barco até Phat Diem, com a precaução de um herói em uma história de aventuras juvenil, orgulhoso de sua precaução como se aquilo fosse a insígnia de um escoteiro e inteiramente sem se dar conta do absurdo e da improbabilidade de sua aventura.

Deitei-me e fiquei à escuta de tiros dos viets ou de uma patrulha da Legião Estrangeira, mas nada aconteceu — levaria provavelmente uma hora ou mais antes que chegasse a uma torre, se é que chegaria. Virei a cabeça o suficiente para ver o que restara da torre, uma pilha de lama, bambu e escoras, que parecia afundar mais conforme as chamas do carro diminuíam. Havia paz quando a dor ia embora — uma espécie de Dia do Armistício dos nervos; tive vontade de cantar. Pensei em como era estranho que um homem de minha profissão não escrevesse mais que duas linhas de notícia sobre toda aquela noite — era apenas uma noite comum e eu, a única coisa estranha ali. Então escutei uma lamúria baixa começar outra vez, vinda de onde antes estivera a torre. Um dos guardas devia continuar vivo.

Pensei: "Pobre-diabo, se não tivéssemos enguiçado justo perto de seu posto, você poderia ter se rendido, como quase todos fazem, ou fugido, ao primeiro som do megafone. Mas lá estávamos nós — dois brancos, com a Sten, e eles não ousaram se mover. Quando saímos, foi tarde demais". Eu era o responsável por aquela voz gemendo no escuro: tinha me vangloriado de distanciamento, de não pertencer àquela guerra, mas aqueles ferimentos haviam sido infligidos por mim tanto quanto se houvesse usado a Sten, como Pyle tivera intenção de fazer.

Fiz um esforço para vencer a ribanceira e chegar à estrada. Queria me juntar a ele. Era a única coisa que podia fazer, compartilhar de sua dor. Mas minha própria dor pessoal puxou-me de volta. Não dava mais para escutá-lo. Deitei imóvel e não ouvi nada além de minha dor pulsando como um coração monstruoso, prendi a respiração e rezei para um Deus em que não acreditava: "Permita que eu morra ou desmaie. Que eu morra ou desmaie"; e então acho que desmaiei e não tive consciência de nada até sonhar que minhas pálpebras haviam congelado e grudado e que alguém enfiava um cinzel ali para forçá-las a se separar, e quis advertir a pessoa a fim de que não ferisse os globos oculares sob elas, mas não consegui falar e o cinzel penetrou, e uma lanterna brilhava em meu rosto.

"Conseguimos, Thomas", disse Pyle. Lembro-me disso, mas não me lembro do que ele mais tarde descreveu aos outros: que fiz um movimento com a mão na direção errada, dizendo que havia um homem na torre e que tinham de socorrê-lo. De um modo ou de outro, eu teria sido incapaz de fazer a mesma pressuposição sentimental de Pyle. Eu me conheço e sei da profundidade de meu egoísmo. Não me sinto à vontade (e ficar à vontade é meu principal desejo) com o sofrimento alheio, chegue isso ao meu conhecimento pela visão, pela audição ou pelo tato. Às vezes, o inocente confunde isso com altruísmo, quando tudo que estou fazendo é sacrificar um bem menor — nesse caso, protelando os cuidados com meus ferimentos — em nome de um bem muito maior, a paz de espírito quando tiver de pensar apenas em mim mesmo.

Voltaram para me informar que o rapaz estava morto, e fiquei feliz — não tive nem mesmo de sofrer muita dor, depois que a seringa com morfina espetou minha perna.

CAPÍTULO 3

I

Subi vagarosamente a escada do apartamento na rue Catinat, parando para descansar no primeiro patamar. As velhas tagarelavam como sempre fizeram, acocoradas no chão diante do *urinoir*, exibindo o Destino nas linhas de seus rostos assim como os outros o fazem na palma da mão. Ficaram em silêncio quando passei e imaginei o que poderiam ter me contado, se soubesse sua língua, sobre o que acontecera enquanto eu estivera fora, no Hospital da Legião, na estrada para Tanyin. Em algum lugar, na torre ou no arrozal, eu perdera minhas chaves, mas enviara uma mensagem a Phuong que ela devia ter recebido, se ainda estivesse lá. Esse "se" dava a medida de minha insegurança. Não recebera notícias suas no hospital, mas ela achava difícil escrever em francês e eu era incapaz de ler vietnamita. Bati na porta, que abriu imediatamente, e tudo parecia continuar igual. Observei-a atentamente conforme ela perguntava como eu estava e tocava a tala em minha perna, oferecendo o ombro para que me apoiasse, como se alguém pudesse se apoiar com segurança em uma planta tão jovem. Eu disse: "Estou feliz de estar em casa".

Ela disse que sentira minha falta, o que, é claro, era o que eu queria escutar: sempre me dizia o que eu queria escutar, como um

cule respondendo perguntas, exceto por acidente. Agora eu esperava o acidente.

"Como passou o tempo?", perguntei.

"Ah, visitei bastante minha irmã. Ela conseguiu um trabalho
com os americanos."

"Conseguiu, sério? Pyle ajudou?"

"Pyle não, Joe."

"Que Joe?"

"Sabe quem é. O adido econômico."

"Ah, claro, Joe."

Era o tipo de homem que a gente sempre esquece. Até hoje, não
consigo descrevê-lo, a não ser sua gordura, o rosto barbeado e empoado,
a gargalhada; toda sua identidade me escapa — exceto o fato de que se
chamava Joe. Há alguns homens cujos nomes são sempre encurtados.

Com ajuda de Phuong, estiquei-me na cama. "Viu algum
filme?", perguntei.

"Tem um muito engraçado passando na rue Catinat", e imediatamente começou a me contar o enredo com riqueza de detalhes, enquanto eu olhava pelo quarto à procura do envelope branco
que podia ser um telegrama. Enquanto eu não perguntasse, podia
acreditar que ela havia esquecido de me contar, e talvez ele estivesse sobre a mesa junto à máquina de escrever, ou no guarda-roupa,
ou quem sabe mantido em segurança na gaveta do armário, onde
ela guardava sua coleção de lenços.

"O chefe do correio — acho que era o chefe do correio, mas
podia ter sido o prefeito — seguiu-os até em casa, pegou uma escada emprestada com o padeiro e subiu na janela de Corinne, mas,
imagine, ela estava no quarto ao lado, com François, mas ele não
escutou madame Bompierre vindo, então ela entrou e o viu no alto
da escada e pensou…"

"Quem era madame Bompierre?", perguntei, virando a cabeça
para olhar a pia, onde ela às vezes punha lembretes entre as loções.

"Eu já disse. A mãe de Corinne, e estava procurando um marido, porque era viúva…"

Sentou-se na cama e pôs a mão dentro de minha camisa. "Foi muito engraçado", disse.

"Beije-me, Phuong." Ela não fazia charme. Fez imediatamente o que pedi e continuou a contar o filme. Do mesmo modo, teria feito amor comigo na mesma hora se eu houvesse lhe pedido, tirando a calça sem perguntar nada, para, depois, retomar o fio da história de madame Bompierre e as desventuras do chefe do correio.

"Chegou algum telegrama para mim?"

"Chegou."

"Por que não me entregou?"

"Ainda não está na hora de trabalhar. É melhor você deitar e descansar."

"Pode não ser trabalho."

Ela o trouxe para mim e percebi que fora aberto. Estava escrito: "Necessárias quatrocentas palavras efeito saída de Lattre sobre situação política e militar".

"É", eu disse. "É trabalho. Como sabia? Por que abriu?"

"Pensei que fosse de sua esposa. Tinha esperança de que fossem boas notícias."

"Quem traduziu para você?"

"Levei para minha irmã."

"Se fossem más notícias, você teria me deixado, Phuong?"

Ela esfregou a mão em meu peito para me tranquilizar, sem perceber que dessa vez eram palavras de que eu precisava, por mais mentirosas que fossem. "Gostaria de um cachimbo? De fato, há uma carta para você. Acho que talvez seja dela."

"Você a abriu também?"

"Não abro suas cartas. Telegramas são públicos. Os funcionários os leem."

Esse envelope estava entre os lenços. Ela o tirou com cuidado e o colocou na cama. Reconheci a letra. "Se isto significar más notícias, o que você...?" Eu sabia muito bem: não poderia ser outra coisa senão más notícias. Um telegrama talvez significasse um súbito ato de generosidade; uma carta, somente explicações, justificativas... de modo que interrompi minha pergunta no meio, pois não seria honesto exigir o tipo de promessa que ninguém é capaz de cumprir.

"Do que tem medo?", perguntou Phuong, e pensei: "Tenho medo da solidão, do Clube de Imprensa e do quartinho na casa de repouso, tenho medo de Pyle".

"Me prepare um *brandy* com soda", disse. E espiei o começo da carta, "Querido Thomas", e o fim, "Com afeto, Helen", e esperei a bebida.

"É *dela*?"

"É." Antes de ler, comecei a me perguntar se no fim deveria contar a verdade ou mentir para Phuong.

Querido Thomas,

Não fiquei surpresa ao receber sua carta e saber que não estava sozinho. Você não é o tipo de homem, não é?, de ficar sozinho muito tempo. Você junta mulheres como seu casaco junta poeira. Talvez eu fosse mais simpática ao seu caso se não sentisse que você encontraria consolo com muita facilidade ao voltar para Londres. Não imagino que vá acreditar em mim, mas o que me fez parar para refletir e me impediu de telegrafar um simples "Não" foi pensar na pobre garota. Tendemos a nos envolver mais do que você.

Dei um gole no *brandy*. Eu não percebera como as feridas sexuais permanecem abertas ao longo dos anos. Por descuido — fora inábil na escolha das palavras — eu as fizera sangrar outra vez. Quem poderia culpá-la por procurar minhas próprias cicatrizes, em retribuição? Quando estamos infelizes, causamos dor.

"É ruim?", perguntou Phuong.

"Um pouco áspera", eu disse. "Mas ela tem o direito…" Continuei a ler.

Sempre acreditei que você amava Anne mais do que o restante de nós, até que pegou suas coisas e foi embora. Agora, ao que parece, planeja largar outra mulher, pois dá para perceber, por sua carta, que não espera de fato uma resposta "favorável". "Fiz o melhor que pude" — acaso não é o que está pensando? O que faria se eu lhe telegrafasse um "Sim"? Casaria com ela de fato? (Tenho de escrever "ela" — você não me contou como se chama.) Talvez. Suponho que, como o restante de nós, está ficando velho e não quer viver sozinho. Eu mesma me sinto bastante solitária, às vezes. Soube que Anne encontrou outro companheiro. Mas você a deixou a tempo.

Ela foi direto na velha ferida. Tomei outro gole. Um fluxo de sangue — a expressão me veio à mente.*

"Quer que lhe prepare um cachimbo?", disse Phuong.

"Por favor", eu disse. "Por favor."

Esse é o único motivo pelo qual devo dizer "Não". (Não precisamos falar do motivo religioso, porque você nunca entendeu ou acreditou nisso.) O casamento não o impede de abandonar uma mulher, não é? Apenas adia o processo e seria ainda mais injusto com a garota em questão se vivesse com ela tanto quanto viveu comigo. Você a traria para a Inglaterra, onde ficaria perdida, seria uma estranha, e, quando a deixasse, quão terrivelmente abandonada ela não se sentiria. Imagino que nem saiba usar garfo e faca, sabe? Estou sendo dura porque penso mais no bem dela do que no seu. Mas também penso no seu, querido Thomas.

---

* Ver Lv 15, 19-30; Mt 9, 20-22; Mc 5, 25-34; Lc 8, 43-48. (N. T.)

Comecei a me sentir nauseado. Fazia muito tempo que não recebia uma carta de minha mulher. Eu a forçara a escrever uma e podia perceber a dor em cada linha. Sua dor investia contra a minha: estávamos de volta à velha rotina de ferir um ao outro. Se ao menos fosse possível amar sem ferir — fidelidade não é o bastante: eu fora fiel a Anne e, contudo, a magoara. O que machuca é o ato da posse: somos demasiado pequenos de mente e de corpo para possuir outra pessoa sem orgulho ou para sermos possuídos sem humilhação. De certo modo, fiquei feliz em ser atacado outra vez por minha esposa — eu esquecera sua dor havia muito tempo e esse era o único tipo de recompensa que poderia lhe proporcionar. Infelizmente, os inocentes estão sempre envolvidos em qualquer conflito. Sempre, em todo lugar, há uma voz chorosa numa torre.

Phuong acendeu a lamparina do ópio. "Ela vai permitir que case comigo?"

"Ainda não descobri."

"Ela não diz?"

"Se diz, diz bem devagar."

Pensei: Como você se orgulha de ser o *dégagé*, o repórter, não o editorialista, e quanta confusão apronta nos bastidores. A guerra do outro tipo é mais inocente que esta. As pessoas causam menos estrago com morteiros.

Se eu agir contra minha convicção mais profunda e disser "Sim", será que faria algum bem a você? Você diz que está sendo chamado de volta à Inglaterra e percebo como irá detestar isso e fazer todo o possível para tornar as coisas mais fáceis. Posso imaginá-lo se casando depois de encher a cara. Da primeira vez, de fato tentamos — tanto você como eu —, e fracassamos. A pessoa não tenta com tanto afinco da segunda vez. Diz que será o fim do mundo se perder essa garota. No passado, usou exatamente a mesma frase comigo — posso lhe mostrar a carta, ainda a tenho — e imagino que tenha escrito a mesma coisa para Anne. Diz que sempre tentamos dizer a verdade um ao outro, mas, Thomas, sua verdade é sempre tão temporária. De que adianta ficar discutindo com você ou tentar chamá-lo à razão? É mais fácil agir como manda minha fé — que você julga irracional — e simplesmente escrever: não acredito no divórcio; minha religião o proíbe. Assim, Thomas, minha resposta é não — não.

Havia ainda mais meia página, que não li, antes do "Com afeto, Helen". Acho que continha notícias sobre o tempo e uma velha tia que de quem eu gostava muito.

Não tinha motivo para queixa e a resposta fora o que eu esperava. A carta dizia um bocado de verdades. Só queria que ela não houvesse pensado em voz alta por tanto tempo, quando os pensamentos a machucavam tanto quanto me machucavam.

"Ela disse 'Não'?"

Eu disse, quase sem hesitar: "Ainda não se decidiu. Ainda há esperança".

Phuong riu. "Diz 'esperança' com uma cara tão triste…" Estava aos meus pés como um cão no túmulo de um cruzado, preparando o ópio, e imaginei o que deveria dizer a Pyle. Depois de fumar quatro cachimbos me senti mais preparado para o futuro e disse a ela que havia boas esperanças — minha esposa estava consultando um advogado. Qualquer dia desses eu receberia o telegrama me liberando.

"Isso não é tão importante. Você poderia firmar um contrato de doação para mim", ela disse, e dava para ouvir a voz da irmã falando através de sua boca.

"Não tenho dinheiro algum guardado", eu disse. "Não posso cobrir o lance de Pyle."

"Não se preocupe. Alguma coisa talvez aconteça. Sempre tem um jeito", ela disse. "Minha irmã diz que você poderia fazer um seguro de vida", e pensei quanto era realista de sua parte não minimizar a importância do dinheiro e não fazer nenhuma grande e comprometedora declaração de amor. Imaginei como Pyle, no decorrer dos anos, iria suportar aquele âmago duro, pois Pyle era um romântico; mas aí, no caso dele, é claro que haveria um bom acordo, a dureza talvez abrandasse como um músculo inativo quando sumisse a necessidade de um. Os ricos se davam bem de um jeito ou de outro.

Nessa noite, antes que as lojas fechassem na rue Catinat, Phuong comprou mais três lenços de seda. Sentada na cama, mostrou-os para mim, dando gritinhos diante das cores brilhantes, preenchendo um vazio com a melodia de sua voz, e depois, dobrando-os cuidadosamente, colocou-os junto com mais uma dúzia que havia na gaveta: era como se firmasse os alicerces de uma modesta fundação. E eu lancei minhas próprias fundações malucas, escrevendo uma carta nessa mesma noite para Pyle, com a inconfiável clareza e antevisão do ópio. Isto foi o que escrevi — encontrei-a novamente no outro dia, enfiada no *Papel do Ocidente* de York Harding. Talvez estivesse lendo o livro quando minha carta chegou. Ou então a usara como marcador de página e não prosseguira na leitura.

"Caro Pyle", escrevi, e senti tentação pela primeira vez de escrever "Caro Alden", pois, afinal de contas, aquela era uma carta de agradecimento de alguma importância e diferia de outras cartas de agradecimento ao conter uma falsidade:

"Caro Pyle, pretendia ter lhe escrito do hospital para dizer obrigado pela outra noite. Você certamente me salvou de um fim desagradável. Voltei a andar agora com a ajuda de uma bengala — ao que parece, quebrei a perna no lugar certo e a idade ainda não chegou aos meus ossos para torná-los quebradiços. Temos de nos encontrar uma hora dessas para comemorar." (A caneta parou nessa palavra, e então, como uma formiga diante de um obstáculo, deu a volta e fez um caminho diferente.) "Também tenho outra coisa para comemorar e sei que você também ficará feliz com a notícia, pois sempre disse que o bem-estar de Phuong era o que ambos queríamos. Havia uma carta de minha esposa me esperando quando regressei e ela mais ou menos concorda com o divórcio. Assim, não precisa mais se preocupar com Phuong" — era uma frase cruel, mas não me dei conta da crueldade senão quando a reli, e então já era tarde demais para alterá-la. Se fosse riscar aquilo, seria melhor rasgar a carta toda.

"De qual você gosta mais?", perguntou Phuong. "Eu adoro o amarelo."

"É. O amarelo. Vá até o hotel e mande esta carta para mim."

Ela olhou o endereço. "Eu posso levar até a Legação. Economiza um selo."

"Prefiro que mande pelo correio."

Então me deitei e, no relaxamento do ópio, pensei: "Pelo menos ela não vai me largar, agora, antes de eu ir embora, e quem sabe, de alguma maneira, amanhã, depois de mais alguns cachimbos, eu consiga pensar num jeito de não ir".

II

A VIDA COMUM CONTINUA — isso já salvou o juízo de muita gente. Assim como em um ataque aéreo se revelou impossível ficar assustado o tempo todo, sob o bombardeio de serviços rotineiros, encontros fortuitos, ansiedades impessoais, o ser humano, por algumas horas, perde o medo pessoal. Os pensamentos da chegada de abril, de deixar a Indochina, de um nebuloso futuro sem Phuong eram afetados pelos telegramas do dia, os boletins da imprensa vietnamita e a enfermidade de meu assistente, um indiano chamado Dominguez (sua família viera de Goa, passando por Bombaim), que comparecia em meu lugar às coletivas menos importantes, mantinha um ouvido sensível aberto aos tons dos boatos e fofocas e levava minhas mensagens aos telégrafos e à censura. Com a ajuda de comerciantes indianos, particularmente no norte, em Haiphong, Nam Dinh e Hanói, ele conduzia seu próprio serviço de inteligência em meu benefício, e acho que sabia com mais precisão que o Alto Comando francês a localização dos batalhões vietminhs no delta do Tonquim.

E como nunca usávamos nossa informação senão quando se tornava notícia e nunca passávamos qualquer matéria à inteligência francesa, ele contava com a confiança e a amizade de inúmeros agentes vietminhs escondidos em Saigon-Cholon. O fato de ser um asiático, a despeito do nome, sem dúvida ajudava.

Eu gostava de Dominguez. Enquanto outros homens carregam seu orgulho como uma doença de pele, na superfície, sensível ao mais leve toque, seu orgulho ficava profundamente oculto e reduzido à menor proporção possível, acho, do que em qualquer ser humano. Tudo com que você se deparava no contato diário com ele era amabilidade, humildade e um amor absoluto pela verdade: você teria de ser casado com ele para descobrir seu orgulho. Talvez a verdade e a humildade caminhem juntas; muitas mentiras advêm de nosso orgulho — em minha profissão, o orgulho de um repórter, que é o desejo de registrar uma história melhor do que o outro sujeito —, e era Dominguez quem me ajudava a não me importar — a fazer frente a todos aqueles telegramas de casa perguntando por que eu não cobrira tal ou tal história ou reportagem de algum outro que eu sabia não ser verdadeira.

Agora que estava doente eu percebia como era seu devedor — ora, ele até checava se meu carro tinha gasolina e nem uma única vez, com alguma frase ou olhar, transgrediu os limites de minha vida pessoal. Creio que fosse católico, mas eu não tinha nenhuma evidência disso, além de seu nome e lugar de origem — por tudo que eu conseguia depreender de sua conversa, ele podia tanto ser um adorador de Krishna como fazer peregrinações anuais, com o corpo perfurado de arames, às Batu Caves. Agora sua doença vinha como uma bênção, poupando-me de ser triturado pela angústia pessoal. Era eu agora que tinha de comparecer às enfadonhas coletivas de imprensa e me arrastar a uma mesa no Continental para fofocar com os colegas; mas eu era menos capaz do que Dominguez de diferenciar a verdade da falsidade, de modo que adquiri o hábito de ligar para ele toda noite para discutir o que ouvira. Às vezes, um de seus amigos indianos estava lá, sentado ao lado do estreito catre de ferro do alojamento compartilhado por Dominguez numa das travessas mais miseráveis do Boulevard Galliéni. O visitante, ao vê-lo sentado ereto no leito, com os pés enfiados sob o corpo, ficava menos com a impressão de ver um homem enfermo que de ser recebido por um rajá ou sacerdote. Às vezes, quando tinha febre alta, seu rosto se cobria de suor, mas nunca perdia a lucidez de pensamento. Era como se sua enfermidade ocorresse com o corpo de outra pessoa. A senhoria deixava uma jarra de limonada fresca ao seu lado, mas nunca o vi dar um gole que fosse — talvez isso significasse admitir que a sede era sua própria sede, e o corpo que sofria, seu próprio corpo.

Dentre todos os dias em que o visitei, de um me lembro em particular. Eu havia desistido de perguntar como estava, por receio de que a pergunta soasse como uma reprimenda, e era sempre ele que me inquiria com grande ansiedade acerca de minha saúde e se desculpava pelas escadas que eu tinha de subir. Depois, disse: "Gostaria que conhecesse um amigo meu. Acho que deve ouvir o que tem a dizer".

"Certo."

"Deixei o nome dele por escrito, porque sei que acha difícil guardar nomes chineses. Não podemos usá-lo, é claro. Ele é dono de um ferro-velho no Quai Mytho."

"É importante?"

"Talvez."

"Pode me dar uma ideia?"

"Preferia que ouvisse dele mesmo. Tem alguma coisa estranha, mas não consigo entender o que é." O suor descia por seu rosto, mas ele simplesmente deixava que escorresse, como se as gotas fossem vivas e sagradas — era hinduísta a esse ponto, jamais teria posto em risco a vida de uma mosca. Disse: "Até onde sabe a respeito de seu amigo Pyle?".

"Não muito. Nossos caminhos se cruzaram, só isso. Não o vejo desde Tanyin."

"O que ele faz?"

"Trabalha na Missão Econômica, mas isso encobre uma infinidade de pecados. Acho que está interessado na indústria local — ao que presumo, com uma parceria comercial americana. Não gosto do modo como mantém os franceses lutando ao mesmo tempo que sabota seus negócios."

"Eu o ouvi falando, outro dia, numa recepção dada pela Legação aos congressistas em visita. Pediram-lhe que os pusesse a par dos acontecimentos."

"Deus ajude o Congresso", eu disse, "não faz nem seis meses que está no país."

"Ele falou sobre as velhas potências coloniais — Inglaterra e França —, e de como vocês dois esperavam ganhar a confiança dos asiáticos. Era aí que os Estados Unidos entravam, então, com as mãos limpas."

"Havaí, Porto Rico", eu disse, "Novo México."

"Então alguém fez a pergunta de praxe sobre as chances do governo local algum dia derrotar o Viet Minh, e ele disse que uma terceira força seria capaz disso. Sempre havia uma terceira força a ser encontrada que fosse livre do comunismo e do veneno do colonialismo — a democracia nacional, era como a chamava; tudo que você tem a fazer é encontrar um líder e mantê-lo a salvo dos antigos poderes coloniais."

"Está tudo em York Harding", eu disse. "Ele leu isso antes de vir para cá. Fala sobre isso desde a primeira semana e não aprendeu nada."

"Talvez tenha encontrado seu líder", disse Dominguez.

"Que diferença faz?"

"Não sei. Não sei qual é seu papel. Mas vá falar com meu amigo no Quai Mytho."

Passei em casa, na rue Catinat, a fim de deixar um bilhete para Phuong, e então segui pelo porto ao pôr do sol. As mesas e cadeiras haviam sido postas para fora no *quai*, ao lado dos vapores e das embarcações navais cinza, e as pequenas cozinhas portáteis borbulhavam e fumegavam. No boulevard de la Somme os cabeleireiros estavam atarefados sob as árvores e os leitores da sorte se acocoravam contra as paredes com seus imundos baralhos de cartas. Em Cholon, a pessoa se via numa cidade diferente, onde o trabalho parecia mal estar começando, em vez de se extinguindo junto com a luz do dia. Era como dirigir através de um palco de pantomima: as compridas placas chinesas, as luzes brilhantes, a multidão de extras conduziam-no aos bastidores, onde tudo era subitamente tão mais escuro e silencioso. Um desses corredores me levou de volta ao *quai* e a um aglomerado de sampanas, onde os armazéns na penumbra escancaravam as portas e onde não se via vivalma.

Encontrei o lugar com dificuldade e quase por acidente, os portões do enorme depósito estavam abertos e pude perceber as estranhas formas de Picasso na pilha de ferro-velho à luz da velha lâmpada: armações de cama, banheiras, latões de lixo, capôs de automóveis, faixas de alguma antiga cor onde a luz incidia. Segui por uma estreita trilha aberta na mina de ferro e chamei o senhor Chou, mas sem resposta. No fundo do depósito uma escada conduzia ao que supus ser a casa do senhor Chou — aparentemente, minhas indicações haviam me levado à porta dos fundos e presumo que Dominguez tivesse seus motivos. Até mesmo os degraus estavam cobertos de sucata, restos de ferro que poderiam vir a ser úteis um dia naquela casa que era um verdadeiro ninho de corvo. Havia um amplo galpão no fim da escada e toda uma família acomodada ali, dando a sensação de um acampamento que podia ser fechado a qualquer momento. Pequenas xícaras de chá estavam espalhadas por toda parte e havia inúmeras caixas de papelão cheias de objetos não identificáveis e malas de fibra amarradas com correias; havia uma velha senhora sentada em uma cama grande, dois garotos e duas garotas, um bebê se arrastando pelo chão, três mulheres de meia-idade vestindo surradas calças e paletós marrons de camponês e dois velhos em um canto usando casacos mandarins de seda azul e jogando *mahjong*. Não prestaram a menor atenção em mim quando entrei; jogavam com rapidez, identificando cada peça pelo toque, e o som era como o do cascalho rolando na praia após o refluxo da maré. Todo mundo me ignorou da mesma forma que eles; apenas um gato pulou sobre uma caixa de papelão e um cão magrelo veio me cheirar e depois foi embora.

"Monsieur Chou?", perguntei, e duas mulheres balançaram a cabeça, e todos continuaram a me ignorar, exceto que uma das mulheres enxaguou uma xícara e serviu chá de um bule que permanecia aquecido em sua caixa forrada de seda. Sentei na beirada da cama, perto da mulher mais velha, e uma garota me trouxe a xícara: era como se eu estivesse sendo absorvido dentro da comunidade, com o gato e o cachorro — talvez houvessem aparecido da primeira vez tão casualmente quanto eu. O bebê engatinhou pelo piso e veio mexer em meus cadarços, e ninguém o repreendeu: não se repreendiam as crianças no Oriente. Três calendários comerciais estavam pendurados nas paredes, cada um com uma garota exibindo um vivo traje chinês e maçãs rosadas e brilhantes. Havia um enorme espelho em que se via misteriosamente inscrito Café de la Paix; talvez tivesse vindo parar ali por engano, junto com a tralha — eu mesmo me sentia ali por engano.

Bebi devagar o chá verde e amargo, trocando a xícara sem asa de uma palma para outra, por causa do calor nos dedos, e imaginando quanto tempo teria de esperar. Tentei a certa altura interrogar a família em francês, perguntando quando achavam que o senhor Chou iria aparecer, mas ninguém respondeu: provavelmente porque não entenderam. Quando esvaziei minha xícara, serviram-me outra e seguiram com seus próprios afazeres: uma mulher passava a ferro, uma garota costurava, os dois garotos faziam a lição, a velha fitava os próprios pés, os pés pequenos e mutilados da velha China — e o cão observava o gato, que permanecia sobre as caixas de papelão.

Comecei a me dar conta de como Dominguez dava duro por sua exígua subsistência.

Um chinês de extrema magreza entrou no galpão. Parecia não ocupar espaço algum: era como um pedaço do papel-manteiga que fica entre as camadas de biscoitos numa lata. A única espessura que possuía estava nas listras de seu pijama de flanela. "Monsieur Chou?", perguntei.

Fitou-me com o olhar indiferente do fumador: as maçãs chupadas, os pulsos de bebê, os braços de uma garotinha — muitos anos e cachimbos haviam sido necessários para esculpi-lo naquelas dimensões. Eu disse: "Meu amigo, monsieur Dominguez, disse que tem algo para me mostrar. É monsieur Chou?".

Ah, claro, disse, era monsieur Chou, e gesticulou com cortesia, convidando-me a voltar a sentar. Dava para perceber que o objetivo de minha visita se perdera em algum lugar dos corredores enfumaçados de seu crânio. Aceitaria uma xícara de chá? Estava muito honrado com minha visita. Outra xícara foi enxaguada, a água despejada no chão, e colocada em minhas mãos como um carvão em brasa — a provação pelo chá. Fiz um comentário sobre o tamanho de sua família.

Ele olhou em torno levemente surpreendido, como se jamais os houvesse observado à luz do dia antes. "Minha mãe", disse, "minha esposa, minha irmã, meu tio, meu irmão, meus filhos, a tia de meus filhos." O bebê rolara para longe de meus pés e jazia de costas, dando chutes e gorjeios. Perguntei-me de quem poderia ser. Ninguém parecia jovem o bastante — ou velho o bastante — para tê-lo gerado.

Disse: "Monsieur Dominguez avisou-me que era muito importante". "Ah, monsieur Dominguez. Espero que monsieur Dominguez esteja bem."

"Está com febre."

"Esta época do ano é ruim para a saúde." Não me convenci de que sequer lembrasse quem era Dominguez. Começou a tossir e, sob o paletó do pijama, que perdera dois botões, a pele esticada vibrou como um tambor nativo.

"Quem deveria ver um médico é o senhor", eu disse. Um recém-chegado se juntou a nós — eu não o ouvira entrar. Era um jovem enfiado com esmero em roupas europeias. Disse, em inglês: "O senhor Chou tem apenas um pulmão".

"Lamento…"

"Ele fuma cento e cinquenta cachimbos por dia."

"Parece um bocado."

"O médico diz que não vai lhe fazer nenhum bem, mas o senhor Chou fica muito mais feliz quando fuma."

Emiti um grunhido de solidariedade.

"Se permite que eu me apresente, sou o gerente do senhor Chou."

"Meu nome é Fowler. O senhor Dominguez me mandou. Disse que o senhor Chou tem algo a me dizer."

"A memória do senhor Chou está bastante prejudicada. Aceita uma xícara de chá?"

"Não, obrigado, já tomei três xícaras." Soava como uma pergunta e uma resposta de um livro de frases.

O gerente do senhor Chou tirou a xícara de minha mão e a estendeu a uma das garotas, que, depois de jogar a borra no chão, voltou a enchê-la.

"Não está forte o bastante", ele disse, pegou-a e provou, enxaguando-a cuidadosamente e enchendo-a de um segundo bule. "Assim está melhor?", perguntou.

"Muito melhor."

O senhor Chou limpou a garganta, mas foi apenas para soltar uma expectoração imensa em uma escarradeira de latão decorada com flores cor-de-rosa. O bebê rolava para cima e para baixo entre as borras de chá e o gato pulou de uma caixa para uma mala.

"Talvez seria melhor se conversasse comigo", disse o jovem. "Sou o senhor Heng."

"Se puder me dizer…"

"Vamos descer até o depósito", disse o senhor Heng. "É mais tranquilo lá."

Estendi a mão para o senhor Chou, que a segurou entre suas palmas com uma expressão desconcertada, então olhou em torno pelo galpão cheio de gente como que tentando entender onde eu me encaixava. O som de cascalho rolando desapareceu conforme descemos a escada. O senhor Heng disse: "Cuidado. Está faltando o último degrau", e acendeu uma lanterna para me guiar.

Estávamos de novo entre armações de cama e banheiras e o senhor Heng me guiou por uma passagem desimpedida na lateral. Depois de andarmos uns vinte passos, parou e iluminou um pequeno tambor de ferro. Disse: "Está vendo isto?".

"O que tem isto?"

Virou o objeto e me mostrou a marca: "Diolacton".

"Ainda não significa nada para mim."

Disse: "Tenho dois destes tambores aqui. Vieram junto com um monte de sucata da garagem do senhor Phan-Van-Muoi. O senhor o conhece?".

"Não, acho que não."

"A esposa dele é parente do general Thé."

"Não vejo absolutamente…?"

"Faz ideia do que seja isto?", perguntou o senhor Heng, curvando-se e apanhando um objeto comprido e côncavo como um talo de aipo que emitiu um reflexo cromado à luz de sua lanterna.

"Pode ser uma peça de banheira."

"É um molde", disse o senhor Heng. Era obviamente um homem que extraía um enfadonho prazer de prestar esclarecimentos. Fez uma pausa para que eu mostrasse minha ignorância outra vez. "Compreende o que quero dizer com molde?"

"Ah, sim, claro, mas ainda não sei onde…"

"Este molde foi feito nos Estados Unidos. Diolacton é um nome comercial americano. Começa a compreender?"

"Para ser franco, não."

"Há um defeito no molde. É por isso que foi jogado fora. Mas não deveria ter sido jogado junto com a sucata — nem tampouco o tambor. Foi um engano. O gerente do senhor Muoi esteve aqui pessoalmente. Não consegui encontrar o molde, mas deixei que levasse o outro tambor. Disse-lhe que era tudo que tinha e ele me informou que necessitava deles para armazenar produtos químicos. Claro que não perguntou pelo molde — isso teria sido comprometedor demais —, mas deu uma boa procurada. O próprio senhor Muoi telefonou mais tarde para a Legação Americana, perguntando pelo senhor Pyle."

"Ao que parece vocês têm um belo serviço de inteligência", eu disse. Ainda não conseguia imaginar do que se tratava tudo aquilo.

"Pedi ao senhor Chou para entrar em contato com o senhor Dominguez."

"Quer dizer que estabeleceram uma ligação de algum tipo entre Pyle e o general", eu disse. "Uma ligação bastante tênue. Não é novidade alguma, aliás. Todo mundo por aqui faz parte da inteligência."

O senhor Heng bateu com o calcanhar no tambor preto de ferro e o som reverberou entre as armações de cama. Disse: "Senhor Fowler, o senhor é inglês. É um homem neutro. Tem sido correto com todos nós. Pode mostrar simpatia, caso alguns de nós se inclinem fortemente por um lado ou por outro".

Eu disse: "Se está dando a entender que é comunista, ou vietminh, não se preocupe. Não estou chocado. Política não é comigo".

156 GRAHAM GREENE

"Se algo desagradável acontecer aqui em Saigon, a culpa recairá sobre nós. Meu Comitê gostaria que tivesse uma visão isenta. É por isso que estou lhe mostrando estas coisas."

"O que é Diolacton?", eu disse. "Parece nome de leite condensado."

"Tem alguma coisa em comum com leite." O senhor Heng iluminou dentro do tambor com a lanterna. Havia uma pequena camada de pó branco no fundo. "Um dos plásticos americanos", ele disse.

"Ouvi dizer que Pyle andava importando plástico para brinquedos." Peguei o molde e dei uma olhada. Tentei mentalmente adivinhar o formato. Aquilo não era o verdadeiro aspecto do objeto: era a imagem num espelho, invertida.

"Para brinquedos, não", disse o senhor Heng.

"Parecem peças de um pistão."

"O formato é incomum."

"Não consigo imaginar para que serviriam."

O senhor Heng se virou. "Quero apenas que não se esqueça do que viu aqui", disse, mergulhando de volta nas sombras da pilha de ferro-velho. "Talvez um dia tenha um motivo para escrever sobre isso. Mas não deve contar que viu o tambor aqui."

"Nem o molde?", perguntei.

"Sobretudo o molde."

III

NÃO É FÁCIL, DA PRIMEIRA VEZ, voltar a ver alguém que — como dizem — salvou a sua vida. Eu não me encontrara com Pyle no Hospital da Legião e sua ausência e seu silêncio, facilmente justificáveis (pois era bem mais sensível ao constrangimento que eu), às vezes me causavam uma preocupação irracional, de modo que à noite, antes que o sono da droga tivesse me apaziguado, eu o imaginava subindo a escada, batendo em minha porta, dormindo em minha cama. Fora injusto com ele naquilo e, assim, acrescentara uma sensação de culpa à minha outra obrigação, mais formal. E também havia, acho, a culpa pela carta. (Que distantes ancestrais me legaram esta estúpida consciência? Sem dúvida estavam livres dela quando estupravam e matavam em seu mundo paleolítico.)

Deveria eu convidar meu salvador para um jantar, perguntava-me de vez em quando, ou seria melhor sugerir um encontro para uma bebida no bar do Continental? Era um dilema social pouco comum, que dependia talvez do valor que se atribui à vida da pessoa salva. Uma refeição e uma garrafa de vinho ou um uísque duplo? — isso me preocupou por alguns dias, até que o problema foi solucionado pelo próprio Pyle, que apareceu e me chamou, gritando do outro lado da porta fechada. Eu adormecera no quente entardecer, exausto com o esforço matutino de usar a perna, e não escutara suas batidas.

"Thomas, Thomas." O chamado invadiu um sonho em que eu caminhava por uma estrada longa e vazia à procura de um desvio que jamais chegava. A estrada se desenrolava como uma fita de máquina de escrever, com uma uniformidade que jamais teria se alterado se a voz não tivesse aparecido — bem no início, como uma voz choramingando em agonia numa torre e depois, de repente, dirigindo-se a mim pessoalmente. "Thomas, Thomas."

Sussurrei, inaudível: "Vá embora, Pyle. Não chegue perto. Não quero ser salvo".

"Thomas." Ele socava minha porta, mas eu fingia dormir como se estivesse de volta ao arrozal e ele fosse o inimigo. De repente, dei-me conta de que as batidas haviam cessado, alguém falava em voz baixa do lado de fora e outra pessoa respondia. Sussurros são perigosos. Não conseguia distinguir quem falava. Levantei com cuidado e, com a ajuda da bengala, alcancei a porta da sala. Talvez houvesse me movido com demasiada pressa e sido ouvido, pois um silêncio cresceu do outro lado. Um silêncio como gavinhas de uma planta: parecia crescer sob o vão da porta e esparramar suas folhas pela sala onde eu estava. Era um silêncio que não me agradava e acabei com ele abrindo a porta de supetão. Phuong estava no corredor e Pyle tinha as mãos em seus ombros: pela postura de ambos, podiam ter acabado de se beijar.

"Ora, vamos, entre", eu disse, "entre."

"Não consegui fazer com que me escutasse", disse Pyle.

"Eu estava dormindo, no começo, e depois não queria ser incomodado. Mas estou incomodado, então entre." Disse em francês a Phuong. "Onde foi que o encontrou?"

"Aqui. No corredor", disse. "Escutei as batidas, então subi correndo para abrir a porta."

"Sente-se", disse a Pyle. "Aceita um café?"

"Não, e não quero me sentar, Thomas."

"Eu preciso. Esta perna fica cansada. Recebeu minha carta?"

"Recebi. Preferia que não tivesse escrito."

"Por quê?"

"Porque é um monte de mentiras. Confiei em você, Thomas."

"Não deveria confiar em ninguém quando há uma mulher envolvida."

"Então não precisa mais confiar em mim, depois disso. Vou entrar escondido aqui quando você estiver fora, escrever cartas em envelopes batidos à máquina. Talvez eu esteja deixando de ser criança, Thomas." Mas sua voz era chorosa e parecia mais jovem do que nunca. "Não poderia ter levado a melhor sem mentir?"

"Não. A duplicidade europeia, Pyle. A gente precisa compensar a falta de recursos. Mas talvez tenha sido desajeitado. Como foi que descobriu que menti?"

"A irmã dela", disse. "Está trabalhando para Joe, agora. Acabo de me encontrar com ela. Sabe que você foi chamado de volta."

"Ah, isso", eu disse, aliviado. "Phuong também sabe."

"E a carta de sua esposa? Phuong sabe sobre isso também? A irmã dela viu."

"Como?"

"Veio aqui procurar Phuong ontem, quando você não estava, e Phuong a mostrou. Você não pode tapeá-la. Ela sabe inglês."

"Entendo." Não fazia sentido ter raiva de quem quer que fosse — o criminoso ali era eu, sem dúvida, e Phuong provavelmente só mostrara a carta como motivo de orgulho, não como sinal de desconfiança.

"Sabia de tudo, ontem à noite?", perguntei a Phuong.

"Sabia."

"Percebi que não falava nada." Toquei seu braço. "Como devia estar furiosa, mas, sendo Phuong... nada de raiva."

"Preciso pensar", ela disse, e lembrei como, ao acordar no meio da noite, fui capaz de perceber, por sua respiração irregular, que não estava dormindo. Eu a envolvera com meu braço e perguntara: "Le cauchemar?". Costumava sofrer de pesadelos quando foi morar na rue Catinat, mas na noite anterior sacudira a cabeça, negando: estava de costas para mim e eu encostara a perna em seu corpo — o primeiro gesto no ritual do sexo. Não havia percebido nada de errado, até então.

"Pode explicar, Thomas, por que..."

"Sem dúvida é bastante óbvio. Não queria perdê-la."

"Custasse o que custasse para ela?"

"Claro."

"Isso não é amor."

"Talvez não amor do seu jeito, Pyle."

"Eu quero protegê-la."

"Eu não. Ela não precisa de proteção. Eu a quero por perto, em minha cama."

"Contra a própria vontade dela?"

"Ela não ficaria aqui contra a própria vontade, Pyle."

"Não vai mais amá-lo, depois disso." Suas ideias eram simples assim. Virei-me para buscar o olhar dela. Phuong havia entrado no quarto e esticava a colcha bem onde eu me deitara; então puxou um de seus livros ilustrados de uma prateleira e sentou na cama como se estivesse completamente desinteressada de nossa conversa. Percebi que livro era — um livro sobre a vida da rainha. Dava para ver o coche real a caminho de Westminster.

"Amor é uma palavra ocidental", eu disse. "Nós a utilizamos por razões sentimentais ou para mascarar a obsessão por uma mulher. Esta gente não sofre de obsessão. Vai acabar se machucando, Pyle, se não tomar cuidado."

"Eu daria uma surra em você se essa sua perna não estivesse assim."

"Devia me agradecer… e à irmã de Phuong, claro. Pode seguir em frente agora sem esses escrúpulos — e você é bastante escrupuloso quanto a certas coisas, não é, quando não se trata de plástico."

"Plástico?"

"Deus queira que saiba o que está fazendo aqui. Ah, sei que seus motivos são bons, sempre são." Parecia perplexo e desconfiado. "Quem dera às vezes tivesse alguns maus motivos, talvez aprendesse um pouquinho mais sobre os seres humanos. E isso se aplica também a seu país, Pyle."

"Quero dar a ela uma vida decente. Este lugar… fede."

"A gente disfarça o mau cheiro com incenso. Presumo que vai oferecer a ela uma enorme geladeira, um carro próprio e o mais moderno aparelho de tevê, e…"

"E filhos", ele disse.

"Jovens e gloriosos cidadãos americanos prontos para o juramento."

"E você, o que vai dar a ela? Não pretendia levá-la para seu país."

"Não, não sou tão cruel assim. A menos que possa lhe pagar uma passagem de volta."

"Só vai mantê-la como uma trepada confortável até cair fora."

"Ela é um ser humano, Pyle. É capaz de decidir."

"Baseada em falsas evidências. E sendo uma criança."

"Criança coisa nenhuma. É mais forte do que você jamais será. Sabe o tipo de polimento que é feito sem arranhar? Aí está Phuong. É capaz de sobreviver a uma dúzia de gente como nós. Vai envelhecer, nada mais. Sofrerá de parto, fome, frio e reumatismo, mas jamais sofrerá, como fazemos, com pensamentos, obsessões — não vai deixar aparas, apenas definhar." Mas mesmo enquanto fazia meu discurso e a observava virando a página (uma foto de família com a princesa Anne), sabia que inventava uma personagem tanto quanto Pyle. A gente nunca conhece o outro ser humano; até onde eu podia dizer, ela estava tão assustada quanto o restante de nós: expressar-se não era um de seus dons, só isso. E me lembrei de nosso primeiro ano atormentado, quando tentava tão apaixonadamente compreendê-la, quando implorava que me contasse o que estava pensando e a deixava assustada com minha fúria irracional diante de seus silêncios. Até mesmo meu desejo fora uma arma, como se, quando a pessoa cravasse a espada no útero da vítima, ela fosse perder o controle e falar.

"Já disse o suficiente", falei para Pyle. "Sabe tudo que há para saber. Agora vá, por favor."

"Phuong", ele chamou.

"Monsieur Pyle?", ela perguntou, erguendo o olhar atento do castelo de Windsor, e sua formalidade foi cômica e tranquilizadora, nesse momento.

"Ele enganou você."

"Je ne comprend pas."

"Ah, vá embora", eu disse. "Volte para sua terceira força e York Harding e *O papel da democracia*. Vá embora, brincar com plástico."

Mais tarde tive de admitir que levou minhas instruções ao pé da letra.

TERCEIRA PARTE

CAPÍTULO 1

I

Quase duas semanas após a morte de Pyle voltei a encontrar Vigot. Eu caminhava pelo boulevard Charner quando escutei sua voz me chamando, do Le Club. Era o restaurante predileto dos membros do Sûreté, nessa época, que, numa espécie de gesto desafiador àqueles que os odiavam, almoçavam e bebiam embaixo, enquanto os demais clientes ficavam no andar de cima, fora do alcance de um *partisan* com uma granada de mão. Juntei-me a ele, que pediu um vermute de cassis. "Quer jogar?"

"Como quiser", e tirei meus dados para o jogo ritual de *quatre cent vingt-et-un*. Como aqueles números e a visão dos dados me trazem de volta à mente os anos de guerra na Indochina. Em qualquer parte do mundo, quando vejo dois homens jogando dados, estou de volta às ruas de Hanói ou Saigon, ou entre os prédios arruinados de Phat Diem, vejo os paraquedistas, protegidos como lagartas com suas estranhas camuflagens, patrulhando os canais, escuto o som dos morteiros se aproximando e, às vezes, vejo uma criança morta.

"Sans vaseline", disse Vigot, lançando um quatro-dois-um. Empurrou os dados para meu lado, para a última jogada. O jargão sexual do jogo era comum em todo o Sûreté; talvez tivesse sido inventado por Vigot e incorporado pelos oficiais subordinados, que no entanto não estavam muito interessados em Pascal. "Sous-lieutenant." Cada partida perdida fazia você subir um posto — o jogo durava até que um dos dois se tornasse capitão ou comandante. Ele ganhou também a segunda partida e, enquanto fazia a contagem, disse: "Encontramos o cachorro de Pyle".

"Sério?"

"Acho que se recusou a sair de perto do corpo. Seja como for, cortaram sua garganta. Estava no meio da lama, a uns cinquenta metros dali. Talvez tenha se arrastado até lá."

"Continuam atrás disso?"

"O ministro americano não para de me azucrinar. Graças a Deus não temos o mesmo problema quando um francês é morto. Mas é que esses casos não são assim tão raros."

Disputamos para decidir a divisão de jogadas e então começou a partida pra valer. Era espantoso como Vigot lançava rápido um quatro-dois-um. Reduziu suas jogadas a três e eu lancei o menor número de pontos possível. "Nanette", disse Vigot, derrotando-me em dois lances. Quando se desincumbiu de sua última jogada, ele disse "Capitaine", e chamei o garçom para pedir mais bebida. "Alguém já ganhou de você?", perguntei.

"É difícil. Quer sua desforra?"

"Outra hora. Que jogador você não daria, Vigot. Aprecia algum outro jogo de azar?"

Sorriu dolorosamente e, por alguma razão, pensei naquela sua esposa loira, de quem se dizia que o traía com os oficiais subalternos seus.

"Ah, bem", ele disse, "sempre tem o maior de todos."

"O maior?"

"'Pesemos o ganho e a perda'", citou, "'apostando na crença de que Deus existe, estimemos as duas probabilidades. Se ganhardes, ganhareis tudo; se perderdes, nada perdereis'."

Citei Pascal de volta — era a única passagem de que me lembrava. "'Tanto aquele que escolhe cara como aquele que escolhe coroa igualmente incorrem em falta. Ambos estão errados. O verdadeiro caminho é não apostar.'"

"'Sim; mas é preciso apostar. Não é opcional. Já estamos metidos nisso.' Você não segue os próprios princípios, Fowler. É tão *engagé* quanto o restante de nós."

"Não em religião."

"Não me referia à religião. Para falar a verdade", disse, "pensava no cachorro de Pyle."

"Ah."

"Lembra-se do que me disse... sobre encontrar pistas em suas patas, analisando a terra etc.?"

"E você disse que não era Maigret nem Lecoq."

"Até que não me saí tão mal assim depois disso", ele disse. "Pyle geralmente levava o cachorro com ele quando saía, não é?"

"Acho que sim."

"Ele era valioso demais para ser deixado solto?"

"Não seria muito seguro. Neste país eles comem cachorro, não é?" Fez menção de enfiar os dados no bolso. "Meus dados, Vigot."

"Oh, desculpe. Estava pensando..."

"Por que me chamou de *engagé*?"

"Quando foi que viu o cachorro de Pyle pela última vez, Fowler?"

"Só Deus sabe. Não mantenho uma agenda de compromissos com cachorros."

"Para quando marcaram sua volta à Inglaterra?"

"Não sei ao certo." Nunca gostei de dar informações para a polícia. Prefiro poupá-los de aborrecimentos.

"Gostaria... esta noite... de aparecer para vê-lo. Às dez? Se estiver sozinho."

"Vou dizer a Phuong que vá ao cinema."

"As coisas estão em ordem outra vez... com ela?"

"Estão."

"Estranho. Tive a impressão de que você estava... bem... descontente."

"Sem dúvida há uma porção de motivos possíveis para isso, Vigot." E acrescentei, grosseiro: "Você deveria saber".

"Eu?"

"Não é nenhum modelo de homem feliz."

"Ah, não tenho do que me queixar. 'Uma casa arruinada não é miserável.'"

"Como disse?"

"Pascal, outra vez. É um argumento para se orgulhar da miséria. 'Uma árvore não é miserável.'"

"O que o levou a se tornar policial, Vigot?"

"Vários fatores. A necessidade de ganhar a vida, curiosidade sobre as pessoas e... bom, até isto: uma paixão por Gaboriau."

"Quem sabe não deveria ter sido padre."

"Eu não lia os autores certos para isso... naquela época."

"Ainda suspeita de meu envolvimento, não é?"

Ergueu-se e virou o que restava de seu vermute.

"Queria conversar com você, só isso."

Pensei, depois que se virou e partiu, que me olhara com certa compaixão, como teria olhado para um prisioneiro por cuja captura houvesse sido o responsável, um prisioneiro que cumprisse sua pena perpétua.

II

E EU DE FATO FORA CONDENADO. Era como se Pyle, após deixar meu apartamento, houvesse me sentenciado a semanas e semanas de incerteza. Toda vez que voltava para casa era com a expectativa do desastre. Às vezes, Phuong não estava, e eu achava impossível me concentrar no que quer que fosse até que estivesse de volta, pois sempre ficava imaginando se de fato voltaria. Perguntava por onde andara (tentando manter a ansiedade ou a suspeita ausentes de minha voz) e às vezes ela respondia o mercado, ou compras, e apresentava as provas de sua inocência (até mesmo a prontidão em confirmar sua história parecia nesse período pouco natural), e às vezes era o cinema, e o canhoto de seu ingresso ali estava para prová-lo, e às vezes era a casa de sua irmã — e era então que eu acreditava que se encontrara com Pyle. Fazia amor com ela, nesses dias, de modo selvagem, como se a odiasse, mas o que eu odiava era o futuro. A solidão se deitava em minha cama e eu tomava a solidão em meus braços, à noite. Ela não mudou: cozinhava para mim, preparava meus cachimbos, com delicadeza e doçura estendia seu corpo para meu prazer (mas já não era um prazer), e assim como naqueles primeiros dias eu quisera sua mente, agora queria ler seus pensamentos, mas eles estavam cifrados em uma língua que eu não falava. Não queria perguntar-lhe diretamente. Não queria fazer com que mentisse (na medida em que nenhuma mentira era dita abertamente, eu podia fingir que éramos um para o outro os mesmos que sempre fôramos), mas de repente minha ansiedade falava em meu lugar, e eu dizia: "Quando foi a última vez que viu Pyle?".

Ela hesitava — ou será que estava de fato puxando da memória? "Quando veio aqui", disse.

Comecei — quase inconscientemente — a depreciar tudo que fosse americano. Minha conversa era cheia da pobreza da literatura americana, dos escândalos dos políticos americanos, da bestialidade das crianças americanas. Era como se ela estivesse sendo roubada de mim por uma nação, não por um homem. Nada que os Estados Unidos pudessem fazer estava certo. Tornei-me um chato no assunto, até mesmo entre meus amigos franceses, sempre bastante prontos a compartilhar de minhas antipatias. Era como se eu tivesse sido traído, mas ninguém é traído pelo inimigo.

Foi bem nessa época que ocorreu o incidente das bicicletas explosivas. Voltando do bar Imperial para um apartamento vazio (ela estava no cinema ou com sua irmã?), vi que um bilhete fora enfiado por baixo da porta. Era de Dominguez. Desculpava-se por continuar doente e pedia que fosse ao grande armazém na esquina do boulevard Charner, em torno de dez e meia da manhã seguinte. Escrevia a pedido do senhor Chou, mas suspeitei que mais provavelmente era o senhor Heng quem solicitava minha presença.

A coisa toda, como se veria, não valeu mais que um parágrafo, e um parágrafo bem-humorado. Não tinha relação alguma com a triste e pesada guerra ao norte, com os canais em Phat Diem entupidos de corpos cinzentos de vários dias, com o compasso dos morteiros, com o clarão branco do napalm. Eu ficara à espera por cerca de quinze minutos ao lado de uma barraca de flores, quando um caminhão carregado de policiais apareceu pisando no freio e cantando os pneus, vindo da direção do quartel-general do Sûreté, na rue Catinat; os homens desceram e correram para o armazém, como se fizessem carga contra uma multidão, mas não havia multidão alguma — só uma barricada de bicicletas. Todo grande prédio em Saigon, por dentro, é protegido por uma trincheira delas — não há cidade universitária no Ocidente que contenha mais usuários de bicicleta. Antes que eu tivesse tempo de ajustar a câmera, a ação cômica e inexplicável havia acabado. A polícia abrira caminho em meio às bicicletas, saíra para o bulevar carregando três delas acima da cabeça e as jogara na fonte. Antes que pudesse interceptar um único policial, estavam de volta ao caminhão, pisando fundo pelo boulevard Bonnard.

"Operation Bicyclette", disse uma voz. Era o senhor Heng.

"O que foi aquilo?", perguntei. "Exercício? Para quê?"

"Espere mais um pouco", disse o senhor Heng.

Alguns passantes se aproximaram da fonte, onde uma roda se projetava como uma boia sinalizadora destinada a manter navios afastados de um naufrágio; um policial atravessou a rua gritando e gesticulando.

"Vamos dar uma olhada", eu disse.

"Melhor não", disse o senhor Heng, e olhou o relógio. Os ponteiros indicavam onze e quatro.

"Está adiantado", eu disse.

"Ele sempre adianta." E nesse momento o chafariz explodiu sobre a calçada. Um pedaço do ornamento atingiu uma janela e o vidro caiu como água numa chuva brilhante. Ninguém se feriu. Sacudimos nossas roupas para tirar a água e o vidro. Uma roda de bicicleta zuniu como um pião na rua, oscilou e morreu. "Devem ser onze em ponto", disse o senhor Heng.

"O que cargas-d'água…?"

"Achei que estaria interessado", disse o senhor Heng. *"Espero* que esteja interessado."

"Vamos tomar uma bebida?"

"Não, desculpe. Devo voltar ao depósito do senhor Chou, mas, antes, deixe-me lhe mostrar uma coisa." Levou-me até o estacionamento das bicicletas e destravou a sua. "Olhe com cuidado."

"Uma Raleigh", eu disse.

"Não, olhe a bomba de encher. Não lembra alguma coisa?" Sorriu condescendente ante minha perplexidade e partiu. A certa altura, voltou-se e acenou, pedalando em direção a Cholon e ao depósito de ferro-velho. No Sûreté, aonde fui atrás de informação, percebi o que queria dizer. O molde que eu vira em seu depósito tinha a forma de uma seção transversal de bomba de bicicleta. Nesse dia, por toda Saigon, inocentes bombas de bicicleta revelaram conter explosivos que detonaram às onze em ponto, exceto quando a polícia, agindo, assim suspeitei, por informação proveniente do senhor Heng, conseguiu antecipar as explosões. A coisa toda foi insignificante — dez explosões, seis pessoas ligeiramente feridas e Deus sabe quantas baixas entre as bicicletas. Meus colegas — a não ser pelo correspondente do *Extrême Orient*, que chamou o episódio de "uma afronta" — sabiam que só conseguiriam o espaço fazendo piada do negócio. "Bicicletas explosivas" dava uma boa manchete. Todos culparam os comunistas. Fui o único a escrever que as explosões haviam sido uma demonstração do general Thé, e minha matéria foi alterada no jornal. O general não era notícia. Seria desperdício de espaço identificá-lo. Enviei uma mensagem de pesar ao senhor Heng por intermédio de Dominguez — fiz o melhor que pude etc. O senhor Heng enviou-me uma resposta verbal polida. Parecia-me que ele — ou seu Comitê Viet Minh — mostrara-se sensível sem motivo; ninguém levou a acusação contra os comunistas a sério. Na verdade, se alguma coisa aquilo poderia ter causado, seria lhes proporcionar a reputação de possuir senso de humor. "Qual será a próxima que vão bolar?", diziam as pessoas nas festas, e todo o absurdo episódio ficou simbolizado, também para mim, na roda de bicicleta girando alegremente como um pião no meio da rua. Jamais cheguei sequer a mencionar a Pyle o que ouvira sobre sua ligação com o general. Que continue a brincar com seus inofensivos moldes de plástico: isso manterá sua cabeça longe de Phuong. Mesmo assim, por acontecer de estar na vizinhança certa tarde, e por não ter nada melhor para fazer, dei um pulo na garagem do senhor Muoi.

Era um lugar pequeno e bagunçado, no boulevard de la Somme, em si mesmo não muito diferente de um depósito de sucata. No meio de tudo havia um carro erguido no macaco e com o capô aberto, escancarando a boca como o modelo de algum animal pré-histórico num museu provinciano que ninguém jamais visita. Não acho que alguém se lembrasse de sua existência. O chão estava coberto de pedaços de objetos de ferro e velhas caixas — os vietnamitas não gostam de jogar nada fora, não mais do que um cozinheiro chinês que, ao dividir um pato em sete porções, põe de lado no máximo uma das patas da ave. Perguntei-me por que alguém teria se dado ao luxo de se desfazer dos tambores vazios e do molde danificado — talvez o roubo de um empregado, para obter umas poucas piastras, talvez alguém subornado pelo engenhoso senhor Heng.

Como o lugar parecia vazio, entrei. Talvez, pensei, estejam mantendo distância por algum tempo, caso surja a polícia. Era possível que o senhor Heng tivesse algum contato no Sûreté, mas mesmo então seria improvável que a polícia agisse. Era melhor, do ponto de vista deles, deixar as pessoas presumirem que as bombas eram comunistas.

À parte o carro e a sucata espalhada pelo piso de concreto, não havia coisa alguma para ver. Era difícil imaginar como as bombas poderiam ter sido manufaturadas na casa do senhor Muoi. Eu fazia uma ideia muito vaga sobre como alguém transformava em plástico o pó branco que tinha visto no molde, mas certamente o processo era complexo demais para ser levado a cabo ali, onde até as duas bombas de gasolina na rua pareciam sofrer de total abandono. Parei na entrada e olhei para a rua. Sob as árvores, no centro do bulevar, os barbeiros trabalhavam: um fragmento de espelho pregado a uma árvore refletiu o brilho do sol. Uma garota com seu chapéu cônico passou apressada segurando dois cestos pendurados numa vara. O leitor da sorte acocorado contra o muro de Simon Frères encontrara um cliente, um velho com um fiapo de barba parecido com Ho Chi Minh, e que observava impassível as velhas cartas sendo embaralhadas e viradas. Que possível futuro seria capaz de valer uma piastra? No boulevard de la Somme, vivia-se às claras; todos ali sabiam tudo sobre o senhor Muoi, mas a polícia não tinha a chave capaz de destravar a confiança deles. Aquele era o plano da vida em que tudo era sabido, mas você não podia entrar nesse plano da mesma maneira que põe os pés na rua. Lembrei-me das velhas fofocando em nosso patamar perto do banheiro coletivo: também ouviam tudo, mas eu não sabia o que elas sabiam.

Voltei a entrar na garagem e me dirigi ao pequeno escritório, nos fundos. Lá estava o indefectível calendário comercial chinês, a escrivaninha apinhada — listas de preço, um pote de goma de mascar, uma calculadora, clipes, um bule e três xícaras, um monte de lápis sem apontar e, por alguma razão, um cartão-postal em branco da torre Eiffel. York Harding podia escrever detalhadas abstrações sobre a terceira força, mas a coisa toda se resumia àquilo — lá estava Ela. Havia uma porta na parede dos fundos; estava trancada, mas encontrei a chave sobre a escrivaninha, entre os lápis. Abri a porta e entrei.

Vi-me em um pequeno barracão mais ou menos do tamanho da garagem. Continha um maquinário que, à primeira vista, parecia uma gaiola feita de hastes e fios, equipada com inúmeros poleiros, para sustentar algum pássaro adulto sem asas — dava a impressão de estar amarrada com velhas tiras de pano, mas os trapos haviam provavelmente sido usados para limpeza quando o senhor Muoi e seus ajudantes foram avisados que deixassem o local. Encontrei o nome de um fabricante, alguém em Lyons, e um número de patente — patente de quê? Acionei o interruptor de energia e a velha máquina adquiriu vida: as hastes tinham um propósito — a geringonça era como um velho reunindo as últimas forças vitais, socando debilmente, socando… Aquela coisa ainda era uma prensa, embora, em sua própria esfera de atuação, devesse pertencer à mesma era do piano mecânico, mas presumo que neste país, onde nada jamais era desperdiçado, e onde de tudo se podia esperar que um dia atingisse o final da carreira (lembro-me de ver aquele filme antiquíssimo, *O grande roubo do trem*, girando com esforço suas rodas na tela, em cartaz no cinema de uma viela em Nam Dinh), a prensa ainda era utilizável.

Examinei-a mais detidamente; havia vestígios de pó branco. Diolacton, pensei, algo em comum com o leite. Nenhum sinal de um tambor ou molde. Voltei ao escritório e depois à garagem. Quase dei um tapinha cordial no paralama do velho carro; tinha diante de si uma longa espera, ainda, mas também ele, um dia… O senhor Muoi e seus ajudantes estavam provavelmente a essa altura em algum lugar nos arrozais, a caminho da montanha sagrada, quartel-general do general Thé. Quando agora enfim erguia a voz e chamava "monsieur Muoi!", pude imaginar que estava longe da garagem, do bulevar, dos barbeiros, lá em meio àqueles campos onde me refugiara, na estrada para Tanyin. "Monsieur Muoi!" Dava para ver um homem virar a cabeça entre os talos de arroz.

Voltei para casa e no patamar as velhas prorromperam em seus trinados de cerca viva, que eu conseguia compreender tanto quanto compreendia a tagarelice dos pássaros. Phuong não estava — tudo que havia era um bilhete dizendo que fora para a casa da irmã. Deitei na cama — ainda me cansava com facilidade — e peguei no sono. Quando acordei, vi o mostrador luminoso do relógio indicando uma e vinte e cinco e virei a cabeça, esperando encontrar Phuong adormecida ao meu lado. Mas o travesseiro estava intocado. Devia ter trocado o lençol nesse dia — tinha a frieza da lavanderia. Levantei e abri a gaveta onde guardava seus lenços, e não estavam lá. Fui até a prateleira — o livro ilustrado *A vida da família real* também se fora. Ela levara seu dote consigo.

No momento do choque há uma pequena dor; a dor começou cerca de três da manhã, quando comecei a planejar a vida que de algum modo ainda teria de levar e a buscar lembranças para de algum modo eliminá-las. As lembranças felizes são as piores e tentei recordar as infelizes. Eu tinha prática. Já vivera tudo aquilo antes. Sabia ser capaz de fazer o que fosse necessário, mas estava muito mais velho — sentia que me restava pouca energia para reconstruir.

III

Fui à Legação Americana e perguntei por Pyle. Era necessário preencher um formulário na entrada e entregá-lo a um policial militar. Ele disse: "O senhor não escreveu o propósito da visita".

"Ele sabe", eu disse.

"Tem hora marcada, então?"

"Pode pôr dessa maneira, se achar melhor."

"Parece bobagem para o senhor, acho, mas temos de ser muito cuidadosos. Aparecem uns tipos estranhos por aqui."

"Foi o que ouvi dizer."

Ele mudou o chiclete para o outro lado e entrou no elevador. Esperei. Não fazia ideia do que dizer a Pyle. Era uma cena que eu jamais protagonizara antes. O policial voltou. Disse, relutante: "Acho que pode subir. Sala 12A. Primeiro andar".

Quando entrei na sala, vi que Pyle não estava lá. Joe permanecia sentado atrás da escrivaninha: o adido econômico — eu continuava sem conseguir lembrar seu sobrenome. A irmã de Phuong me observava por trás de uma mesa de datilografia. Seria um triunfo o que eu lia naqueles ávidos olhos castanhos?

"Entre, entre, Tom", exclamou Joe, ruidosamente. "É um prazer ver você. Como está a perna? Não é sempre que visita nossas modestas instalações. Puxe uma cadeira. Diga-me o que acha da nova ofensiva. Encontrei Granger a noite passada no Continental. Está de partida para o norte outra vez. O cara é vivo. Onde está a notícia, lá está Granger. Pegue um cigarro. Sirva-se. Conhece a senhorita Hei? Não consigo guardar todos estes nomes — é difícil demais para um sujeito velho como eu. Digo 'Ei, olá!' — ela gosta. Nada desse colonialismo enfadonho. O que andam fofocando no mercado, Tom? Seus colegas com certeza mantêm os ouvidos atentos. Sinto pela perna. Alden me contou…"

"Onde está Pyle?"

"Ah, Alden não veio ao escritório hoje de manhã. Acho que está em casa. Faz um bocado de coisas em casa."

"Eu sei o que ele faz em casa."

"O cara é vivo. Ei, o que foi que disse?"

"Que pelo menos uma coisa sei que ele faz em casa."

"Não entendo o que quer dizer, Tom. Slow Joe... está falando com ele. Sempre fui devagar. Sempre vou ser."

"Ele está dormindo com minha garota... a irmã de sua datiló-grafa."

"Não sei do que está falando."

"Pergunte. Foi ela que arranjou tudo. Pyle levou minha garota."

"Olhe, Fowler, achei que tinha vindo aqui a negócios. Não queremos cenas no escritório, sabe muito bem."

"Vim aqui atrás de Pyle, mas presumo que esteja escondido."

"Puxa, você é o último homem no mundo que deveria ser capaz de falar uma coisa dessas. Depois do que Alden fez por você."

"Ah, claro, isso mesmo. Ele salvou minha vida, não foi? Só que não pedi que fizesse isso."

"Com grande risco para si mesmo. O cara tem peito."

"Não dou a mínima se tem peito ou não. É outra parte de seu corpo que vem ao caso."

"Vamos, não podemos nos permitir insinuações deste tipo aqui dentro, Fowler, com uma senhora presente."

"A senhora e eu nos conhecemos muito bem. Não conseguiu arrancar sua propina de mim, mas está conseguindo com Pyle. Tudo bem. Sei que estou me comportando horrivelmente, e vou continuar a me comportar deste jeito horrível. Neste tipo de situação, as pessoas se comportam de um jeito horrível."

"Temos muito que fazer. Tem esse relatório sobre a produção de borracha..."

"Não se preocupe, já vou indo. Mas diga a Pyle, se ligar, que vim aqui. Talvez ache educado retribuir a visita." Disse à irmã de Phuong: "Espero que tenha feito o arranjo com testemunho do tabelião, do cônsul americano e de algum membro da Ciência Cristã".

Fui para o corredor. Em uma porta do outro lado estava escrito Homens. Entrei, tranquei a porta e, apoiando a cabeça na parede fria, chorei. Não havia chorado até então. Até mesmo os banheiros deles tinham ar-condicionado e, em pouco tempo, o ameno ar temperado secou minhas lágrimas, assim como seca a saliva na boca e o sêmen no corpo.

IV

DEIXEI MEUS NEGÓCIOS AOS CUIDADOS de Dominguez e fui para o norte. Em Haiphong, tinha amigos no esquadrão Gascogne e passava horas e horas no bar do aeroporto ou jogando bocha na trilha de cascalho em frente. Oficialmente, estava no *front*: eu podia ombrear Granger em viveza, só que isso era tão útil para meu jornal quanto fora minha excursão a Phat Diem. Mas, se a pessoa escreve sobre a guerra, o amor-próprio exige que de vez em quando compartilhe dos riscos.

Não era fácil compartilhar disso, mesmo pelo período mais limitado, e ordens partindo de Hanói me autorizavam a participar apenas das ofensivas horizontais — um ataque, nessa guerra, tão seguro quanto um passeio de ônibus, pois voávamos além do alcance das metralhadoras pesadas; estávamos a salvo de tudo que não fosse o erro de um piloto ou uma falha no motor. Partíamos no horário programado e regressávamos no horário programado; os carregamentos de bombas singravam o ar em diagonal e a espiral de fumaça subia de um cruzamento de estrada ou de uma ponte, e depois voávamos de volta para a hora do aperitivo e do jogo com as bolas de ferro na pista de cascalho.

Certa manhã, na cidade, no rancho, bebendo uísque com soda na companhia de um jovem oficial que morria de vontade de conhecer o píer de Southend, vieram as ordens para uma missão. "Quer vir junto?" Eu disse "Claro". Até mesmo um raide horizontal seria um jeito de matar o tempo e matar as ruminações. No carro, a caminho do aeroporto, ele comentou: "É um raide vertical".

"Pensei que eu estivesse proibido…"

"Contanto que não escreva nada a respeito. Vou lhe mostrar uma parte do país próxima da fronteira com a China que nunca viu antes. Perto de Lai Chau."

"Pensei que estivesse tudo tranquilo por lá — e na mão dos franceses."

"Estava. Capturaram o lugar há dois dias. Nossos paraquedistas estão a algumas horas do local. A gente quer manter a cabeça dos viets bem dentro de seus buracos até retomar a base. Ou seja, mergulhos rasantes e rajadas de metralhadora. Só deu para reservar dois aviões — um está na missão, agora. Já participou de um bombardeio rasante antes?"

"Não."

"É um pouco desconfortável, quando você não está acostumado."

O esquadrão Gascogne possuía apenas pequenos bombardeiros B.26 — os franceses os chamavam de prostitutas, porque com sua pequena envergadura não tinham nenhum meio aparente de se sustentar. Me espremi num minúsculo assento de metal do tamanho de um selim de bicicleta, com os joelhos apoiados no encosto do piloto. Avançamos seguindo o rio Vermelho, subindo devagar, e o rio Vermelho a essa hora era de fato vermelho. Era como se voltássemos no tempo e o víssemos com os olhos do velho geógrafo que o nomeou pela primeira vez, bem na hora em que o sol da tarde o inundava de uma margem a outra; então, mudamos de curso a nove mil pés, na direção do rio Negro, negro de verdade, cheio de sombras, perdendo o ângulo da luz, e a paisagem imensa e majestosa de gargantas, despenhadeiros e selva girava ao redor e se projetava vertical sob nós. Daria para mergulhar todo um esquadrão naquele cenário verde e cinza sem deixar mais rastro do que algumas moedas atiradas num campo de trigo. Bem adiante de nós um pequeno avião se movia como um mosquito. Era nossa vez.

Circundamos duas vezes a torre e o vilarejo cercado pelo verde, então subimos em espiral no ar cegante. O piloto — cujo nome era Trouin — se virou para mim e piscou. Em seu manche ficavam os botões que controlavam a metralhadora e o compartimento de bombas. Ao atingirmos a posição de mergulho, fiquei com aquela sensação de alívio nos intestinos que acompanha toda experiência nova — a primeira dança, o primeiro jantar, o primeiro amor. Aquilo me lembrou a Great Racer, na Wembley Exhibition, quando chegava ao topo da subida — não havia como escapar: você estava aprisionado em sua experiência. No mostrador, só tive tempo de ler três mil metros, antes do começo do mergulho. Tudo agora era tato, a visão, nada. Fui forçado para cima pelo encosto do piloto: era como se algo imensamente pesado me apertasse o peito. Não percebi quando as bombas foram lançadas; então a metralhadora cuspiu fogo e a cabine se encheu do cheiro de cordite, o peso deixou meu peito quando subimos, e foi o estômago que encolheu, quando espiralamos como suicidas em direção ao solo que deixáramos. Por quarenta segundos, Pyle cessou de existir; nem mesmo a solidão existia. Conforme ascendíamos em um grande arco, pude ver a fumaça através da janela lateral apontando para mim. Antes do segundo mergulho senti medo — medo da humilhação, medo de vomitar nas costas do piloto, medo de que meus pulmões envelhecidos não suportassem a pressão. Após o décimo mergulho, tinha consciência apenas da irritação — a coisa fora longe demais, era hora de voltar para casa. E novamente a aeronave se precipita para disparar uma rajada, fora do alcance de uma metralhadora, e damos uma guinada e a fumaça desponta. O vilarejo era cercado de todos os lados por montanhas. A cada vez tínhamos de fazer a mesma investida, através da mesma garganta. Não havia como variar o ataque. Quando mergulhávamos pela décima quarta vez, ocorreu-me, agora que eu estava livre do medo da humilhação: "Tudo que têm a fazer é ajustar uma metralhadora na posição". Erguemos o nariz novamente em direção à segurança do ar — talvez nem mesmo tivessem uma metralhadora. Os quarenta minutos da incursão pareciam intermináveis, mas eu havia ficado livre do desconforto do pensamento pessoal. O sol descia quando voltamos para casa; o momento do geógrafo se fora; o rio Negro não era mais negro, e o rio Vermelho era puro ouro.

Lá fomos nós outra vez, descendo, afastando-nos da selva fendida e retorcida, na direção do rio, planando acima dos arrozais malcuidados, para mirar como uma bala a pequena sampana na água dourada. O canhão emitiu um único estampido de um projétil luminoso e a sampana voou pelos ares numa chuva de fagulhas; nem ao menos esperamos para ver nossas vítimas lutando por sobreviver: subimos e tomamos o rumo de casa. Pensei novamente, como pensara ao ver a criança morta em Phat Diem: "Odeio a guerra". Tinha havido algo de terrivelmente chocante em nossa escolha súbita e fortuita de presa — acontecera de estarmos passando, só um tiro se fez necessário, não havia ninguém para devolver o ataque, partíamos outra vez, dando nossa pequena contribuição à cota de mortes do mundo.

Pus os fones de ouvido para que o capitão Trouin falasse comigo. Ele disse: "Vamos fazer um pequeno desvio. O pôr do sol é maravilhoso no *calcaire*. Não pode perder", acrescentou com simpatia, como um anfitrião mostrando a beleza de sua propriedade, e por uma centena de quilômetros sobrevoamos a baie d'Along nos calcanhares do crepúsculo. O rosto de Marte sob o capacete fitava melancólico a paisagem abaixo de bosques dourados entre grandes corcovas e arcos de rocha porosa, e as feridas do homicídio deixaram de sangrar.

V

O CAPITÃO TROUIN INSISTIU para que essa noite eu fosse seu convidado na casa de ópio, embora ele próprio não fumasse. Gostava do cheiro, disse, gostava da sensação de quietude ao fim do dia, mas em seu ramo o relaxamento parava por aí. Havia oficiais que fumavam, mas eram homens do exército — ele necessitava de sua dose de sono. Deitamos em um pequeno cubículo numa fileira de cubículos, como em um dormitório estudantil, e o proprietário chinês preparou meus cachimbos. Não fumava desde que Phuong me deixara. Do outro lado, uma *métisse* de pernas compridas, adoráveis, deitava-se enrodilhada depois de fumar, lendo uma revista feminina, e no cubículo seguinte dois chineses de meia-idade tratavam de negócios, bebericando chá, os cachimbos pousados ao lado.

Eu disse: "Aquela sampana... hoje à tarde... fazia algo de errado?".

Trouin disse: "Quem sabe? Naquela altura do rio temos ordens de atirar em tudo que aparece".

Fumei meu primeiro cachimbo. Tentei não pensar em todos os cachimbos que havia fumado em casa. Trouin disse: "O dia de hoje... não foi dos piores para alguém como eu. Lá no vilarejo, poderiam ter nos abatido. Nosso risco era tão grande quanto o deles. O que eu detesto é bombardeio de napalm. De três mil pés, em segurança". Fez um gesto de desânimo. "A gente vê a selva pegando fogo. Só Deus sabe o que as pessoas veem do chão. Os pobres-diabos são queimados vivos, as chamas avançam sobre eles como se fosse água. Ficam encharcados de fogo." Disse com raiva contra um mundo todo que não compreendia: "Não estou lutando uma guerra colonial. Acha que faço o que faço pelos colonos de Terre Rouge? Prefiro enfrentar a corte marcial. Estamos lutando todas suas guerras, mas vocês deixam a culpa com a gente".

"A sampana", eu disse.

"É, aquela sampana também." Observou-me conforme eu pegava o segundo cachimbo. "Invejo esse seu jeito de fugir."

"Não sabe do que estou fugindo. Não é da guerra. A guerra não é da minha conta. Não estou envolvido."

"Todos vocês vão estar. Um dia."

"Não eu."

"Você continua a mancar."

"Eles têm o direito de atirar em mim, mas não estavam nem ao menos fazendo isso. Estavam derrubando uma torre. Equipes de demolição são uma coisa a ser evitada. Até mesmo em Piccadilly."

"Um dia, alguma coisa vai acontecer. Você vai escolher um lado."

"Não, estou de partida para a Inglaterra."

"Aquela fotografia que me mostrou uma vez…"

"Ah, já rasguei. Ela me deixou."

"Lamento."

"As coisas são assim. Uma pessoa abandona outras e um dia a maré se volta contra ela. Chego quase a acreditar na justiça."

"Eu acredito. Na primeira vez em que joguei napalm, pensei, esta cidade é onde nasci. É aqui que monsieur Dubois, velho amigo de meu pai, mora. O padeiro — eu gostava muito do padeiro quando era criança — está correndo lá em baixo em meio às chamas que despejei. Os homens de Vichy não bombardearam seu próprio país. Eu me sentia pior que eles."

"Mas continua a seguir em frente."

"É um estado de espírito. Isso só é assim com o napalm. No resto do tempo, penso que estou defendendo a Europa. E, como você sabe, estes outros… eles também fazem umas coisas monstruosas. Quando foram expulsos de Hanói, em 1946, deixaram umas lembranças terríveis entre sua própria gente — pessoas que julgavam ter nos ajudado. Tinha uma garota no necrotério… eles, além de arrancar seus seios, tinham mutilado o namorado dela e enchido seu…"

"É por isso que não vou me envolver."

"Não é questão de estar com a razão, ou de justiça. Todos nós nos envolvemos num momento de emoção e depois não conseguimos sair. Amor e guerra — sempre têm sido comparados." Lançou um olhar tristonho através do dormitório para onde a *métisse* se esparramava em sua grande paz temporária. Disse: "Eu não aguentaria, se fosse de outro modo. Lá está uma garota que foi envolvida pelos pais — que futuro ela tem quando este porto cair? A França é apenas metade de seu lar".

"Vai cair?"

"Você é jornalista. Sabe melhor do que eu que não podemos vencer. Sabe que a estrada para Hanói é cortada e recheada de minas toda noite. Sabe que perdemos uma turma de Saint-Cyr todo ano. Quase fomos derrotados em 1950. De Lattre nos conseguiu dois anos de lambuja — nada mais. Mas somos profissionais: temos de continuar combatendo enquanto os políticos não nos disserem para parar. Provavelmente, vão se reunir e concordar com a mesma paz que poderiam ter firmado desde o início, tornando absurdos todos estes anos." Seu rosto feio, que piscara para mim antes do mergulho, exibia uma espécie de brutalidade profissional, como uma máscara natalina na qual uma criança perscrutasse através dos buracos na cartolina. "Você não conseguiria entender o absurdo, Fowler. Não é um de nós."

"Há outras coisas na vida de um homem que tornam os anos absurdos."

Ele pousou a mão em meu joelho, em um estranho gesto protetor, como se fosse o homem mais velho. "Leve-a para casa", ele disse. "Aquilo é melhor que um cachimbo."

"Como sabe que aceitaria?"

"Já me deitei com ela, e o tenente Perrin também. Quinhentas piastras."

"É caro."

"Imaginei que iria por trezentas, mas, diante das circunstâncias, a gente não se dá ao trabalho de pechinchar."

Mas o conselho dele não se mostrou acertado. O corpo de um homem é limitado nos atos que pode realizar e o meu estava paralisado pela memória. O que minha mão tocou nessa noite podia ser mais belo do que o de costume, mas a beleza não é a única armadilha que nos prende. Ela usava o mesmo perfume e, de repente, no momento de entrar, o fantasma do que eu perdera se provou mais poderoso do que o corpo estendido à minha disposição. Afastei-me, deitei de costas e o desejo se foi.

"Desculpe", disse, e menti: "Não sei qual o problema comigo".

Ela disse, muito doce e equivocada: "Deixe pra lá. Acontece muitas vezes. É o ópio".

"É", eu disse, "o ópio." Quisera Deus que tivesse sido.

CAPÍTULO 2

I

ERA ESTRANHO, AQUELE PRIMEIRO REGRESSO a Saigon sem ninguém para me dar as boas-vindas. No aeroporto, desejei ter algum outro lugar para dizer ao táxi, sem ser a rue Catinat. Pensei com meus botões: "Será que a dor é um pouco menor do que quando parti?", e tentei persuadir a mim mesmo de que assim era. Quando cheguei ao patamar, percebi que a porta estava aberta e minha respiração parou, numa esperança irracional. Fui bem devagar na direção da porta. Enquanto não chegasse lá, a esperança continuaria viva. Escutei o arrastar de uma cadeira e, quando pisei na soleira, avistei um par de sapatos, mas não eram sapatos femininos. Entrei rapidamente e foi Pyle quem ergueu seu peso desajeitado da cadeira que Phuong costumava usar.

Ele disse: "Olá, Thomas".

"Olá, Pyle. Como foi que entrou?"

"Encontrei Dominguez. Ele trazia sua correspondência. Pedi que me deixasse ficar."

"Phuong esqueceu alguma coisa?"

"Ah, não, mas Joe me contou de sua ida à Legação. Achei que seria mais fácil conversar aqui."

"Sobre o quê?"

Fez um gesto perdido, como um menino escolhido para falar em algum evento da escola que não encontrasse as palavras adultas. "Esteve fora?"

"Estive. E você?"

"Ah, eu andei viajando."

"Continua a brincar com plástico?"

Deu um sorriso triste. Disse: "Suas cartas estão ali".

Vi de relance que não havia nada que pudesse me interessar: uma do escritório em Londres e várias que pareciam contas, e uma do banco. Disse: "Como está Phuong?".

Seu rosto se iluminou automaticamente, como um desses brinquedos eletrônicos que reagem a um determinado som. "Ah, está bem", ele disse, e então comprimiu os lábios, como se tivesse ido longe demais.

"Sente-se, Pyle", eu disse. "Me dê licença um minuto, enquanto dou uma olhada nisto. É do meu jornal."

Abri. Como o inesperado pode ser inoportuno. O editor escrevia que havia levado em consideração minha última carta e, tendo em vista a confusa situação na Indochina, após a morte do general De Lattre e a retirada de Hoa Binh, concordava com minha sugestão. Designara um editor de exterior temporário e queria que eu permanecesse na Indochina por pelo menos mais um ano. "Vamos manter a cadeira aquecida para você", tranquilizava-me, na mais completa incompreensão. Achava mesmo que eu me importava com o trabalho e com o jornal.

Sentei diante de Pyle e reli a carta que chegara tarde demais. Por um segundo eu me sentira exultante, como quando a gente acorda pouco antes de se lembrar.

"Más notícias?", perguntou Pyle.

"Não." Disse a mim mesmo que não teria feito a menor diferença, afinal: o adiamento da pena por um ano não era concorrência para um contrato de casamento.

"Ainda não se casou?", perguntei.

"Não." Ele corou — corava com imensa facilidade. "Para falar a verdade, tenho esperança de conseguir uma licença especial. Então poderíamos nos casar em casa — do modo apropriado."

"É mais apropriado quando acontece em casa?"

"Bom, achei... é difícil conversar sobre essas coisas com você, Thomas, droga, você é tão cínico, mas é um sinal de respeito. Meu pai e minha mãe estariam presentes... ela entraria para a família. É importante, tendo em vista o passado."

"O passado?"

"Sabe o que quero dizer. Não gostaria de deixá-la sozinha lá com nenhum estigma..."

"Vai deixá-la sozinha?"

"Acho que sim. Minha mãe é uma mulher maravilhosa... pode levá-la para passear, apresentá-la, sabe como é, meio que adaptá-la à nova vida. Vai ajudá-la a preparar um lar para mim."

Não sabia se devia ou não sentir pena de Phuong — sonhara tanto com os arranha-céus e a Estátua da Liberdade, mas não fazia a menor ideia de todas as coisas que estavam implicadas, o professor e a sra. Pyle, almoços nos clubes femininos; será que iriam ensiná-la a jogar canastra? Pensei nela e naquela primeira noite no Grand Monde, em seu vestido branco, movendo-se com tal primor com seus pés de dezoito anos, e pensei nela um mês antes, pechinchando o preço da carne nos açougues do boulevard de la Somme. Será que apreciaria aqueles emporiozinhos tinindo de limpos da Nova Inglaterra, onde até mesmo o aipo vinha embrulhado em celofane? Quem sabe. Não dava para dizer. De um modo esquisito, peguei-me falando como Pyle fizera um mês antes: "Vá devagar com ela, Pyle. Não force as coisas. Ela pode se magoar tanto quanto você ou eu".

"Claro, claro, Thomas."

"Sua aparência é pequena, frágil, tão diferente de nossas mulheres, mas não pense nela como... como um enfeite."

"Gozado, Thomas, como as coisas tomaram um rumo diferente. Estava morrendo de medo desta conversa. Achei que você fosse ser duro."

"Tive tempo de refletir lá no norte. Havia uma mulher lá... Talvez eu tenha visto o que você viu naquele prostíbulo. É bom que ela vá embora com você. Eu podia algum dia deixá-la para alguém como Granger. Uma trepada."

"E a amizade continua, Thomas?"

"Claro que sim. Só que prefiro não ver Phuong. Sua presença por aqui já é forte demais do jeito que está. Preciso achar outro apartamento... Quando tiver tempo."

Ele descruzou as pernas e se pôs de pé. "Fico tão feliz, Thomas. Não sei dizer o quanto estou feliz. Sei que já disse isto antes, mas preferia que não tivesse sido você."

"Estou feliz por ser você, Pyle." O encontro não saíra como eu previra: sob as maquinações superficiais da raiva, num nível mais profundo, o genuíno plano de ação deve ter se formado. Por todo o tempo em que sua inocência me enfurecia, algum juiz dentro de mim deliberara em seu favor, comparara seu idealismo, suas ideias pouco amadurecidas baseadas na obra de York Harding, com meu cinismo. Sim, a razão sobre os fatos era minha de direito, mas também ele não tinha o direito de ser jovem e de se enganar, e para uma garota não seria talvez um homem melhor com quem passar a vida?

Trocamos um aperto de mão indiferente, mas algum medo ainda não de todo formado me obrigou a segui-lo e chamá-lo do alto da escada. Talvez houvesse um profeta, além de um juiz, naqueles tribunais internos em que nossas verdadeiras decisões são tomadas. "Pyle, não acredite demais em York Harding."

"York!". Ele me encarou, do primeiro patamar.

"Somos os antigos colonialistas, Pyle, mas aprendemos alguma coisa acerca da realidade, aprendemos a não brincar com fogo. Essa terceira força... isso é coisa de livro, nada mais. O general Thé não passa de um bandido com uns poucos milhares de homens: ele não é uma democracia nacional."

Era como se ele estivesse me fitando da caixa de correspondência para ver quem batia e então, deixando cair a proteção da abertura, me dispensasse como um visitante indesejado. Não dava para ver os olhos dele. "Não entendo o que quer dizer, Thomas."

"Aquelas bicicletas explosivas. Foram uma boa piada, mesmo que um homem tenha perdido a perna. Mas, Pyle, não pode confiar em gente como Thé. Eles não vão salvar o Oriente do comunismo. A gente conhece tipos como ele."

"A gente?"

"Os antigos colonialistas."

"Pensei que não tomasse partido."

"Não tomo, Pyle, mas se alguém tem de arranjar uma confusão lá no seu departamento, deixe isso com Joe. Vá para casa com Phuong. Esqueça a terceira força."

"Claro que sempre levo seu conselho em consideração, Thomas", disse, formalmente. "Bom, a gente se vê."

"Acho que sim."

II

SEMANAS SE SEGUIRAM, MAS, POR ALGUM MOTIVO, eu ainda não encontrara um apartamento novo para mim. Não que não tivesse tempo. A crise anual da guerra passara novamente; o quente e úmido *crachin* cessara, ao norte; os franceses haviam deixado Hoa Binh e a campanha do arroz terminara, no Tonquim, bem como a campanha do ópio, no Laos. Dominguez dava conta de cobrir facilmente tudo que era necessário, no sul. Finalmente, forcei-me, muito a contragosto, a ver um apartamento em um assim chamado prédio moderno (Exposição de Paris, 1934?), no extremo oposto da rue Catinat, depois do Hotel Continental. Era a residência temporária de um fazendeiro de borracha que voltava para seu país. Queria vender o imóvel com tudo que havia dentro. Isso incluía um grande número de gravuras do Salão de Paris entre 1880 e 1900. Seu máximo denominador comum era uma mulher de busto enorme com um penteado extraordinário e tecidos diáfanos que de algum modo mantinham sempre exposto o profundo vão de seu traseiro ao mesmo tempo que ocultavam o campo de batalha. No banheiro, o homem fora um tanto mais ousado com suas reproduções de Rops.

"Gosta de arte?", perguntei, e ele me devolveu um sorriso malicioso, como se fosse um parceiro de conspiração. Era gordo, com um bigodinho preto e cabelos escassos.

"Meus melhores quadros estão em Paris", disse.

Havia um cinzeiro extraordinariamente alto, na sala de estar, na forma de uma mulher nua com uma tigela no cabelo, e enfeites de porcelana de garotas nuas abraçando tigres, e um muito esquisito de uma garota nua até a cintura andando de bicicleta. No quarto, diante de sua cama gigante, havia uma enorme e lustrosa pintura a óleo de duas garotas dormindo junto. Perguntei-lhe o preço do apartamento sem a coleção, mas não concordava em separar os dois.

"Não é um colecionador?", perguntou.

"Bem, não."

"Também tenho alguns livros", disse, "que poderia incluir na venda, embora pretendesse levar estes aqui comigo de volta à França." Destrancou a porta de vidro de uma estante e me mostrou sua biblioteca — havia caras edições ilustradas de *Aphrodite* e *Nana*, e também *La Garçonne*, e até vários Paul de Kocks. Fiquei tentado a perguntar se iria vender a si mesmo junto com sua coleção; combinava com ela; ele era um período, também. Disse-me: "Se mora sozinho no trópico, uma coleção faz companhia".

Pensei em Phuong só por causa de sua completa ausência. É sempre assim: quando você foge para um deserto, o silêncio grita em sua orelha.

"Acho que meu jornal não me permitiria comprar uma coleção de arte."

Ele disse: "É claro que não iria aparecer no recibo".

Fiquei feliz por Pyle não conhecê-lo: o homem talvez emprestasse suas características ao "antigo colonialista" imaginário de Pyle, que já era bastante repulsivo sem elas. Quando saí dali, eram quase onze e meia e me dirigi ao Pavillon para tomar um copo de cerveja gelada. O café Pavillon era um ponto de encontro de europeias e americanas e eu tinha certeza de que não veria Phuong por lá. Na verdade, sabia exatamente onde estaria àquela hora do dia — não era o tipo de garota que mudava seus hábitos e, assim, ao vir do apartamento do seringalista, eu cruzara a rua para evitar o bistrô onde a essa hora do dia tomava seu chocolate maltado. Duas jovens americanas estavam sentadas na mesa ao lado da minha, arrumadas com esmero sob o calor, dando colheradas em seus sorvetes. Ambas levavam uma bolsa pendurada no ombro esquerdo e as bolsas eram idênticas, com insígnias de águia de metal. Suas pernas também eram idênticas, longas e esbeltas, assim como seus narizes, só ligeiramente arrebitados, e tomavam concentradas seus sorvetes, como se estivessem fazendo um experimento no laboratório da faculdade. Imaginei se seriam colegas de Pyle: eram encantadoras, e eu queria mandá-las de volta para casa, também. Terminaram os sorvetes e uma delas olhou o relógio. "Melhor irmos andando", disse, "para chegar ao lado seguro." Perguntei-me, só por perguntar, que compromisso teriam.

"Warren disse que não devemos passar das onze e vinte cinco."

"Já passou, agora."

"Seria emocionante ficar. Não sei do que se trata tudo isso, e você?"

"Não exatamente, mas Warren disse que é melhor não."

"Acha que é uma demonstração?"

"Já vi tantas demonstrações", disse a outra, entediada, como uma turista cheia de ver igrejas. Ergueu-se e depositou sobre a mesa o dinheiro dos sorvetes. Antes de ir, deu uma olhada em torno do café, e os espelhos captaram cada ângulo de seu perfil sardento. Os únicos que restavam ali eram eu e uma deselegante francesa de meia-idade que empoava o rosto, cuidadosa e inutilmente. Aquelas duas mal precisavam de qualquer maquiagem, uma ligeira pincelada de batom, uma passada de pente no cabelo. Por um momento seu olhar se deteve sobre mim — não parecia um olhar feminino, mas de homem, direto demais, especulando sobre algum curso de ação. Então, virou-se rápido para a amiga: "Melhor irmos embora". Observei-as preguiçosamente conforme saíam lado a lado para a rua bombardeada de sol. Era impossível conceber tanto uma como outra padecendo de alguma paixão desenfreada: não pertenciam a lençóis amarfanhados e ao suor do sexo. Será que levavam desodorantes consigo ao ir para a cama? Peguei-me por um minuto invejando seu mundo esterilizado, tão diferente daquele que eu habitava — e que súbita e inexplicavelmente se desfez em pedaços. Dois espelhos da parede voaram em minha direção e foram ao chão na metade do caminho. A francesa deselegante estava de joelhos em meio a destroços de mesas e cadeiras. Seu estojo de maquiagem jazia aberto e incólume em meu colo e por mais estranho que parecesse eu continuava sentado exatamente onde estivera antes, embora minha mesa houvesse se juntado aos destroços em torno da francesa. Um curioso som de jardim enchia o café: o gotejar regular de uma fonte; e, ao olhar para o bar, vi as fileiras de garrafas destruídas, que despejavam seus conteúdos numa torrente multicor — o vermelho do porto, o laranja do cointreau, o verde do chartreuse, o amarelo baço do pastis — pelo piso do café. A francesa voltou a sentar e calmamente olhou em torno à procura de seu estojo. Entreguei-lhe e ela me agradeceu polidamente, sentando-se no chão. Dei-me conta de que não a ouvia muito bem. A explosão fora tão próxima que meus tímpanos ainda tinham de se recuperar da pressão.

Pensei, um tanto petulante: "outra piada com plástico: o que o senhor Heng espera que eu escreva, agora?", mas, quando cheguei à Place Garnier, percebi, pelas nuvens de fumaça, que aquilo não era nenhuma piada. A fumaça vinha dos carros ardendo no estacionamento diante do teatro nacional, pedaços de carro se esparramavam pelo quarteirão e um homem sem as pernas se retorcia à beira dos canteiros ornamentais. A multidão se aglomerava vindo da rue Catinat, do boulevard Bonnard. As sirenes dos carros de polícia e os sinos das ambulâncias e dos carros de bombeiros chegaram remotamente a meus tímpanos em choque. Por um momento, esquecera que Phuong devia estar no bistrô, do outro lado da praça. A fumaça pairava entre os dois lados. Não dava para enxergar através.

Fiz menção de entrar na praça e fui detido por um policial. Haviam formado um cordão em torno para impedir que a multidão ficasse ainda maior e os homens da maca já começavam a aparecer. Implorei ao policial diante de mim: "Deixe-me passar. Tenho uma amiga...".

"Para trás", ele disse. "Todo mundo aqui tem amigos."

Ficou de lado para dar passagem a um padre e tentei seguir atrás dele, mas fui barrado de volta. Disse: "Sou da imprensa", e me apalpei em vão à procura da carteira onde ficava minha credencial, mas sem conseguir encontrá-la: teria saído sem ela, naquele dia? Então eu disse: "Pelo menos me diga o que aconteceu com o bistrô"; a fumaça começava a dissipar e tentei ver, mas a multidão era grande demais. Disse alguma coisa que não entendi.

"O que disse?"

Repetiu: "Não sei. Para trás. Está atrapalhando as macas".

Será que havia perdido minha carteira lá no Pavillon? Virei-me para voltar e dei de cara com Pyle. Ele exclamou: "Thomas".

"Pyle", eu disse, "pelo amor de Deus, onde está seu passe da Legação? Precisamos chegar ao outro lado. Phuong está no bistrô."

"Não, não", ele disse.

"Pyle, ela está. Ela sempre vai lá. Às onze e meia. Precisamos encontrá-la."

"Ela não está lá, Thomas."

"Como pode saber? Onde está sua credencial?"

"Eu a avisei que não fosse."

Virei-me para o policial, pretendendo empurrá-lo para o lado e correr através da praça; ele que atirasse; eu não me importava — e então a palavra "aviso" chegou-me à consciência. Tomei Pyle pelo braço. "Avisou?", eu disse. "Como assim, 'avisou'?"

"Disse-lhe para ficar longe, hoje de manhã."

As peças se juntaram em minha mente. "E Warren?", disse. "Quem é Warren? Ele também avisou aquelas garotas."

"Não entendi."

"Não pode haver baixas entre americanos, não é?" Uma ambulância abriu caminho pela rue Catinat para entrar na praça e o policial que havia me barrado saiu de perto para deixá-la passar. O policial ao lado dele estava envolvido em uma discussão. Empurrei Pyle adiante de mim e entramos na praça antes que pudessem nos deter.

Vimo-nos em meio a um grupo de enlutados. A polícia podia impedir os outros de entrar na praça; mas estava além de seu alcance esvaziá-la dos sobreviventes e dos que haviam chegado primeiro. Os médicos estavam ocupados demais para cuidar dos mortos e assim estes eram deixados com seus donos, pois uma pessoa pode ter um morto do mesmo modo que tem uma cadeira. Uma mulher sentava-se no chão com o que restava de seu bebê sobre o colo; numa espécie de recato, ela o cobrira com seu chapéu camponês de palha. Estava imóvel e em silêncio, e o que mais me impressionava na praça era o silêncio. Era como uma igreja que eu visitara certa vez durante a missa — os únicos sons provinham dos que socorriam, exceto aqui e acolá, onde europeus choravam e suplicavam, para voltar a ficar em silêncio, como que com vergonha do recato, paciência e decoro do Oriente. O torso sem pernas do jardim ainda se retorcia, como um frango com a cabeça arrancada. Pela camisa do homem, era provavelmente um condutor de riquixá.

Pyle falou: "É horrível". Fitou o molhado em seus sapatos e disse, com voz nauseada: "O que é isto?".

"Sangue", eu disse. "Nunca viu isto antes?"

Ele disse: "Melhor limpá-los, antes de ver o ministro". Acho que não sabia o que estava dizendo. Via uma guerra de verdade pela primeira vez: sua descida pelo rio até Phat Diem fora uma espécie de sonho juvenil e, de todo modo, a seus olhos, soldados não contavam.

Forcei-o, com a mão em seu ombro, a dar uma olhada em torno. "A esta hora o lugar está cheio de mulheres e crianças... é a hora das compras. Por que escolher logo agora?"

Disse, com voz fraca: "Era para ter uma parada, agora".

"E você esperava pegar alguns coronéis. Mas a parada foi cancelada ontem, Pyle."

"Eu não sabia."

"Não sabia!" Empurrei-o sobre uma mancha de sangue, onde antes estivera uma maca. "Devia estar mais bem informado."

"Eu estava fora da cidade", disse, abaixando o olhar para seus sapatos. "Deveriam ter cancelado."

"E perdido a diversão?", perguntei. "Espera que o general Thé perca sua demonstração? Isto é melhor que uma parada. Numa guerra, mulheres e crianças são notícia, soldados, não. Isto vai chegar à imprensa mundial. Você conseguiu pôr o general Thé no mapa, Pyle. Aí estão sua terceira força e sua democracia nacional, bem em seu sapato direito. Vá para casa encontrar Phuong e conte-lhe sobre seus mortos heroicos — o povo dela tem algumas dúzias a menos de gente com que se preocupar."

Um padre baixinho e gorducho passou apressado carregando alguma coisa em um prato sob um guardanapo. Pyle ficara em silêncio por um bom tempo e eu não tinha mais nada a dizer. Na verdade, já falara demais. Ele estava pálido, exausto, prestes a desmaiar, e pensei: "De que adianta? Sempre será inocente, não se pode culpar gente inocente, são sempre os menos culpados. Tudo que se pode fazer é controlá-los ou eliminá-los. A inocência é uma espécie de insanidade".

Ele disse: "Thé não teria feito isto. Tenho certeza que não. Alguém o enganou. Os comunistas…".

Sua armadura de boas intenções e ignorância era inexpugnável. Larguei-o na praça e segui pela rue Catinat, onde a horrenda catedral cor-de-rosa obstruía o caminho. Uma multidão já afluía para lá; devia ser reconfortante para as pessoas poder rezar pelos mortos para os mortos.

Eu, ao contrário, tinha motivos para agradecer, afinal, Phuong não estava viva? Não havia sido "avisada"? Mas o que me vinha à lembrança era o torso na praça, o bebê no colo de sua mãe. Eles não tinham sido avisados: não eram importantes o bastante. E, se a parada houvesse ocorrido, acaso não estariam ali do mesmo jeito, só por curiosidade, para ver os soldados, ouvir os oradores, jogar flores? Uma bomba de duzentas libras não discrimina ninguém. Quantos coronéis mortos justificam a morte de uma criança ou de um condutor de riquixá quando uma frente democrática nacional está em construção? Parei um riquixá motorizado e disse ao motorista que me levasse ao Quai Mytho.

QUARTA PARTE

QUARTA PARTE

CAPÍTULO 1

Eu havia dado dinheiro a Phuong para que levasse sua irmã ao cinema, de modo que ficasse em segurança fora do caminho. Saí para jantar com Dominguez e estava de volta a meu quarto esperando, quando Vigot apareceu pontualmente às dez. Pediu desculpas por não aceitar um drinque — disse que estava cansado demais e que uma bebida poderia botá-lo a nocaute. Fora um longo dia.

"Assassinato e morte súbita?"

"Não. Ladrões de galinha. E alguns suicídios. Essa gente adora jogar e quando perdem tudo se matam. Talvez não tivesse me tornado policial se fizesse ideia de quanto tempo passaria em necrotérios. Não gosto do cheiro de amônia. Quem sabe agora eu aceite uma cerveja."

"Lamento dizer que não tenho geladeira."

"Ao contrário do necrotério. Uma pequena dose de uísque inglês, então?"

Lembrei-me da noite em que o acompanhara ao necrotério, quando puxou o corpo de Pyle como uma fôrma de gelo.

"Então não vai voltar agora?", perguntou.

"Andou verificando por aí?"

"É."

Estendi-lhe o uísque, para que pudesse ver como meus nervos estavam no lugar. "Vigot, gostaria que me explicasse por que acha que tive envolvimento na morte de Pyle. É questão de ter um motivo? Por querer Phuong de volta? Ou imagina que foi uma vingança por perdê-la?"

"Não. Não sou tão estúpido. A pessoa não apanha o livro de um inimigo como suvenir. Está aí na sua estante. *O papel do Ocidente*. Quem é este York Harding?"

"O homem que você procura, Vigot. Ele assassinou Pyle — a distância."

"Não entendi."

"É um tipo superior de jornalista — são chamados de correspondentes diplomáticos. Ele se apega a uma ideia e então altera toda situação para se adequar a ela. Pyle chegou aqui com a cabeça cheia das ideias de York Harding. Harding estivera aqui uma vez por semana quando viajava de Bangcoc a Tóquio. Pyle cometeu o erro de pôr suas ideias em prática. Harding escreveu sobre uma terceira força. Pyle formou uma — um bandidinho de segunda com dois mil homens e um par de tigres domesticados. Ele meteu os pés pelas mãos."

"Você nunca faz isso, não é?"

"Tento não fazer."

"Mas não conseguiu, Fowler." Por algum motivo, pensei no capitão Trouin e naquela noite que parecia ter acontecido anos antes, na casa de ópio de Haiphong. O que foi mesmo que havia dito? Alguma coisa sobre todo mundo acabar se envolvendo, mais cedo ou mais tarde, num momento de emoção. Eu falei: "Você teria dado um bom padre, Vigot. O que há com você que faz com que se torne tão fácil confessar... se é que existe alguma coisa a confessar?"

"Nunca pedi confissão alguma."

"Mas você as obtém, não?"

"De vez em quando."

"Talvez seja porque, como um padre, seu trabalho seja não se mostrar chocado, mas demonstrar simpatia. 'monsieur Flic, devo

lhe contar exatamente por que quebrei o crânio da velha senhora.'
'Certo, Gustave, não se apresse, e diga-me o motivo.'"

"Você tem uma imaginação um tanto quanto fantasiosa. Não vai beber nada, Fowler?"

"Sem dúvida não é muito inteligente para um criminoso beber com um oficial de polícia."

"Nunca disse que era um criminoso."

"Mas vamos supor que a bebida despertasse até mesmo em mim o desejo de confessar? A confissão não é um sigilo profissional, no seu caso."

"O sigilo dificilmente é importante para o sujeito que confessa: mesmo quando se trata de um padre. A pessoa tem outros motivos."

"Se purificar?"

"Nem sempre. Às vezes, só quer ver com clareza seu próprio eu. Às vezes, está cansado de enganar. Você não é criminoso, Fowler, mas gostaria de saber por que mentiu para mim. Viu Pyle na noite em que ele morreu."

"De onde tirou esta ideia?"

"Não penso sequer por um minuto que o matou. Dificilmente você usaria uma baioneta enferrujada."

"Enferrujada?"

"Esse é o tipo de detalhe que a gente consegue com uma autópsia. Mas eu já disse que não foi isso que causou a morte. A lama de Dakow." Ergueu o copo para outro uísque. "Vamos ver, então. Você tomou uma bebida no Continental às seis e dez?"

"Isso."

"E às quinze para as sete estava conversando com outro jornalista na porta do Majestic?"

"É, Wilkins. Já lhe contei tudo isso antes, Vigot. Naquela noite."

"Sei. Tenho verificado, desde então. É incrível como carrega uns detalhes tão triviais na cabeça."

"Sou um repórter, Vigot."

"Talvez os horários não estejam inteiramente precisos, mas ninguém poderia culpá-lo, não é, se errasse uns quinze minutos aqui, uns dez minutos ali. Não tem motivo para achar que a hora seja importante. Na verdade, como pareceria suspeito se fosse preciso demais."

"Não fui?"

"Não totalmente. Eram cinco para as sete quando conversou com Wilkins."

"Dez minutos a mais."

"Claro. Como eu disse. E seis em ponto quando chegou ao Continental."

"Meu relógio sempre adianta um pouco", eu disse. "Que horas são pelo seu, agora?"

"Dez e oito."

"Dez e dezoito pelo meu. Veja."

Não se deu ao trabalho de olhar. Disse: "Então a hora em que afirmou ter conversado com Wilkins estava errada em vinte e cinco minutos... pelo seu relógio. É um erro e tanto, não é?".

"Talvez eu tenha reajustado a hora mentalmente. Talvez eu tenha acertado meu relógio, nesse dia. Às vezes faço isso."

"O que me deixa curioso", disse Vigot, "(pode me servir um pouco mais de soda? — isto está muito forte) é que não demonstra a menor raiva de mim. Não é lá muito gentil interrogá-lo como estou fazendo."

"Acho interessante, como numa história de detetive. E, afinal de contas, sabe que não matei Pyle — você mesmo disse."

Vigot disse: "Sei que não estava presente quando ele foi assassinado".

"Não sei o que espera provar mostrando que errei dez minutos aqui e cinco ali."

"Cria um intervalo", disse Vigot, "um pequeno espaço de tempo."

"Espaço para quê?"

"Para Pyle ir a seu encontro."

"Por que quer tanto provar isso?"

"Por causa do cachorro", disse Vigot.

"E da lama entre os dedos?"

"Não era lama. Era cimento. Sabe, em algum lugar naquela noite, enquanto seguia Pyle, ele pisou em cimento fresco. Lembrei que no térreo do prédio havia pedreiros trabalhando — estão sempre trabalhando. Passei por eles quando vim para cá esta noite. Trabalham até altas horas neste país."

"Imagino quantas casas não têm pedreiros trabalhando — e cimento fresco. Algum deles se lembrou do cachorro?"

"Claro que fiz essa pergunta a eles. Mas se lembrassem não me contariam. Sou um policial." Parou de falar e se reclinou na cadeira, fitando o copo. Fiquei com a impressão de que alguma analogia lhe ocorrera e que estava a quilômetros de distância, perdido em pensamentos. Uma mosca caminhou na parte de trás de seu cocuruto e ele não a espantou — assim como Dominguez não o teria feito. Tive a sensação de uma força inamovível, profunda. Até onde dava para dizer, podia muito bem estar rezando.

Levantei-me e atravessei a cortina, entrando no quarto. Não havia nada ali que eu quisesse, a não ser fugir por um momento daquele silêncio sentado em uma cadeira. Os livros ilustrados de Phuong estavam de volta às prateleiras. Ela havia enfiado um telegrama para mim entre os cosméticos — alguma mensagem do escritório em Londres. Não sentia disposição para abri-lo. Tudo estava como era antes do surgimento de Pyle. Quartos não mudam, os enfeites permanecem onde você os deixou; só o coração definha.

Voltei à sala e Vigot levou o copo aos lábios. Disse a ele: "Não tenho nada para contar. Nada".

"Então vou indo", ele disse. "Acho que não vou incomodá-lo outra vez."

Ao chegar à porta, virou-se, como que relutante em abandonar a esperança — sua esperança ou a minha. "Que filme estranho você foi ver naquela noite. Não imaginava que gostasse de capa e espada. O que era? Robin Hood?"

"*Scaramouche*, acho. Tenho de matar o tempo. E precisava me distrair."

"Distrair?"

"Todos nós temos nossas preocupações particulares, Vigot", expliquei com cuidado.

Depois de Vigot ir embora, ainda restava uma hora para esperar pela chegada de Phuong e de uma companhia viva. Estranho como a visita de Vigot me deixara perturbado. Era como se um poeta houvesse me trazido sua obra para que a criticasse e num gesto impensado eu a tivesse destruído. Eu era um homem sem uma vocação — não dá para considerar a sério o jornalismo como uma vocação —, mas capaz de reconhecer a vocação em outra pessoa. Agora que Vigot partira para fechar seu arquivo incompleto, eu desejava ter a coragem de chamá-lo de volta e dizer: "Tem razão. Vi mesmo Pyle na noite em que ele morreu".

CAPÍTULO 2

I

A CAMINHO DO QUAI MYTHO, passei por várias ambulâncias vindas de Cholon em direção à Place Garnier. Quase se podia estimar o ritmo dos rumores a partir da expressão dos rostos na rua, que de início tornavam-se alguém como eu próprio vindo da direção da Place com olhares expectantes e especulativos. Quando entrei em Cholon, já ultrapassara as notícias; a vida seguia atarefada, normal, ininterrupta; ninguém sabia de nada.

Cheguei ao depósito do senhor Chou e subi à casa do senhor Chou. Nada mudara desde minha última visita. O gato e o cão se moviam do chão para as caixas de papelão, e destas para as malas, como um par de cavalos no xadrez, incapazes de ir às vias de fato. O bebê se arrastava pelo piso e os dois velhos continuavam jogando *mahjong*. Só os jovens se ausentavam. Assim que pus a cara na porta, uma das mulheres começou a servir chá. A velha estava sentada na cama, fitando os pés.

"Monsieur Heng", solicitei. Sacudi a cabeça diante do chá; não estava com disposição para dar início a outra interminável sequência daquela beberagem amarga e trivial. "Il faut absolument que je voie monsieur Heng." Parecia impossível lhes comunicar a urgência de meu pedido, mas talvez a própria brusquidão de minha recusa do chá houvesse causado alguma inquietação.

Ou talvez, como Pyle, eu tivesse sangue nos sapatos. Seja como for, após uma breve espera, uma das mulheres me conduziu porta afora e escada abaixo, ao longo de duas ruas cheias de gente e de faixas, e me deixou diante do que, na terra de Pyle, assim presumo, chamariam de *funeral parlour*, uma casa cheia de urnas de pedra onde os ossos ressurrectos dos chineses mortos eram enfim depositados. "monsieur Heng", eu falei a um velho chinês na porta, "monsieur Heng". Parecia-me o lugar adequado para ir parar num dia que começara com a coleção erótica do seringalista e continuara com os corpos das pessoas assassinadas na praça. Ouvi uma voz chamando de alguma sala ali dentro e o chinês deu um passo para o lado, permitindo minha entrada.

O senhor Heng em pessoa se adiantou cordialmente e me levou até uma saleta interior cheia dessas cadeiras escuras entalhadas que você encontra em toda antessala chinesa, inúteis, inospitaleiras. Mas fiquei com a sensação nessa ocasião de que as cadeiras tinham sido usadas, pois havia cinco xícaras de chá sobre a mesa e duas não estavam vazias. "Interrompi uma reunião", eu disse.

"Tratávamos de um assunto", disse o senhor Heng, evasivo, "sem nenhuma importância. Fico sempre feliz em vê-lo, senhor Fowler."

"Estou vindo da Place Garnier", eu disse.

"Achei que fosse isso."

"Ouviu falar…"

"Alguém me telefonou. Achavam melhor que me mantivesse à distância do depósito do senhor Chou por um tempo. A polícia vai estar muito agitada hoje."

"Mas vocês não têm nada a ver com isso."

"O trabalho da polícia é achar um culpado."

"Pyle, outra vez", eu disse.

"Isso."

"Que coisa horrível de se fazer."

"O general Thé não é um tipo dos mais controlados."

"E bombas também não, para meninos de Boston. Quem é o chefe de Pyle, Heng?"

"Tenho a impressão de que o senhor Pyle é seu único e verdadeiro mestre."

"O que ele é? Um oss?"*

"As iniciais não são muito importantes. Acho que elas agora mudaram."

"O que posso fazer, Heng? Ele precisa ser detido."

"Pode publicar a verdade. Ou será que não?"

"Meu jornal não está interessado no general Thé. Só estão interessados em sua gente, Heng."

"Quer mesmo que o senhor Pyle seja detido, senhor Fowler?"

"Se visse o que eu vi, Heng. Ele estava lá e disse que tudo foi um triste engano, que deveria ter acontecido uma parada. Disse que tinha de limpar os sapatos antes de se encontrar com o ministro."

"Claro que o senhor pode contar o que sabe à polícia."

"Eles também não estão interessados em Thé. E acha que ousariam pôr as mãos em um americano? Ele tem suas regalias diplomáticas. É formado em Harvard. O ministro gosta muito de Pyle. Heng, havia uma mulher ali com um bebê que... ela o escondia com seu chapéu de palha. Não consigo tirar isso da cabeça. E havia um outro, em Phat Diem."

"Precisa tentar ficar calmo, senhor Fowler."

"O que ele fará a seguir, Heng?"

"Estaria preparado para nos ajudar, senhor Fowler?"

"Ele comete uma asneira e as pessoas morrem por seus erros. Quem dera sua gente o tivesse pego no rio de Nam Dinh. Teria feito uma grande diferença e muitos continuariam com vida."

---

* Office of Strategic Services (Gabinete de Assuntos Estratégicos), órgão que precedeu a criação da CIA. (N. T.)

"Concordo, senhor Fowler. Ele precisa ser detido. Tenho uma sugestão a fazer." Alguém tossiu delicadamente atrás da porta, e depois cuspiu com estardalhaço. Ele disse: "Se puder convidá-lo para jantar hoje à noite no Vieux Moulin. Entre oito e meia e nove e meia".

"De que adiant...?"

"Vamos conversar com ele no caminho", falou Heng.

"Pode ser que tenha compromisso."

"Talvez seja melhor então que peça para ir a seu apartamento — às seis e meia. Estará livre, a essa hora; certamente irá. Se ele puder jantar com o senhor, apareça com um livro na janela, como se quisesse captar a luminosidade."

"Por que o Vieux Moulin?"

"É perto da ponte para Dakow — acho que poderemos achar um lugar para conversar sem sermos perturbados."

"O que vão fazer?"

"Não vai querer saber, senhor Fowler. Mas prometo que agiremos o mais delicadamente possível diante das circunstâncias."

Os amigos invisíveis de Heng se agitaram como ratos do outro lado da parede. "Fará isso por nós, senhor Fowler?"

"Não sei", eu disse. "Não sei."

"Mais cedo ou mais tarde", disse Heng, e me lembrei da conversa com o capitão Trouin na casa de ópio, "a pessoa tem que escolher um lado. Se quer manter sua humanidade."

II

Deixei um bilhete na Legação pedindo a Pyle que aparecesse e depois subi a rua até o Continental para beber alguma coisa. Os destroços haviam sido todos removidos; os bombeiros apagaram o fogo na praça. Eu não fazia ideia então como a hora e o lugar iriam se tornar importantes. Cheguei mesmo a considerar a possibilidade de ficar sentado ali até a noite e furar o compromisso. Depois, pensei que poderia amedrontar Pyle e levá-lo a deixar de agir, avisando-o do perigo que corria — fosse qual fosse o perigo —, desse modo terminei minha cerveja e fui para casa, e quando cheguei em casa comecei a ter esperança de que Pyle não aparecesse. Tentei ler, mas não havia nada em minhas estantes capaz de prender minha atenção. Talvez devesse ter fumado, mas não havia ninguém para preparar meu cachimbo. Estiquei os ouvidos, contra minha própria vontade, para o som de passos, e finalmente eles vieram. Alguém bateu. Abri a porta, mas era apenas Dominguez.

Eu disse: "O que quer, Dominguez?".

Olhou para mim com ar de surpresa. "Eu?" Olhou o relógio. "É a hora que sempre venho. Vai mandar algum telegrama?"

"Desculpe... esqueci. Não."

"E um *follow-up* sobre a bomba? Não quer mandar alguma coisa?"

"Ah, envie um por mim, Dominguez. Não sei como é... estando lá, no local, acho que fiquei um pouco em choque. Não consigo pensar na coisa em termos de um telegrama." Bati num mosquito que zumbia em meu ouvido e notei o estremecimento instintivo de Dominguez com meu gesto. "Tudo bem, Dominguez, eu não o acertei." Sorriu miseravelmente. Ele não conseguia justificar sua relutância em tirar uma vida: afinal, era um cristão — um desses que haviam aprendido com Nero a transformar corpos humanos em velas.

"Há alguma coisa que possa fazer pelo senhor?", perguntou. Ele não bebia, não comia carne, não matava — invejei a bondade de seu ser.

"Não, Dominguez. Apenas me deixe sozinho, esta noite." Observei-o pela janela, atravessando a rue Catinat. Um condutor de riquixá estacionara junto à calçada oposta a minha janela; Dominguez tentou tomá-lo, mas o homem balançou a cabeça. Presumivelmente aguardava um cliente numa das lojas, porque ali não era lugar onde riquixás podiam estacionar. Quando olhei o relógio foi estranho constatar que estivera esperando por pouco mais de dez minutos e, quando Pyle bateu, eu não havia escutado seus passos.

"Entre." Mas, como sempre, foi o cachorro que entrou primeiro.

"Fiquei feliz em receber seu bilhete, Thomas. Hoje de manhã achei que estivesse fulo da vida comigo."

"Talvez estivesse. Não foi uma cena das mais bonitas."

"Já que agora sabe tanto, não há mal algum em contar um pouco mais. Encontrei Thé hoje à tarde."

"Encontrou? Ele está em Saigon? Deve ter vindo ver como sua bomba funcionou."

"Vou confiar em você, Thomas. Tratei-o com a maior severidade." Falava como o capitão de um time da escola que houvesse encontrado um de seus rapazes fugindo do treino. Mesmo assim, perguntei, com um pouco de esperança:

"E deu um basta à ligação entre vocês?"

"Disse-lhe que se der outra demonstração de descontrole como essa não teremos mais nada a ver com ele."

"Mas ainda não rompeu com ele, Pyle?" Sacudi a perna com impaciência para seu cachorro, que farejava meus tornozelos.

"Não posso. (Duke, senta!) A longo prazo, é a única esperança que temos. Se chegar ao poder com nossa ajuda, poderemos nos apoiar nele…"

"Quantas pessoas devem morrer até conseguirem perceber que…?" Mas pude ver que o argumento de nada adiantaria.

"Perceber o quê, Thomas?"

"Que não existe algo como gratidão em política."

"Pelo menos não nos odeiam como odeiam os franceses."

"Tem certeza? Às vezes sentimos uma espécie de amor por nossos inimigos e às vezes sentimos ódio de nossos amigos."

"Você fala como um europeu, Thomas. Essas pessoas não são tão complicadas assim."

"Foi isso que aprendeu em poucos meses? Vai dizer daqui a pouco que são infantis."

"Bom... de certo modo."

"Mostre-me uma criança descomplicada, Pyle. Quando jovens, éramos uma confusão de complicações. Simplificamos as coisas quando envelhecemos." Mas de que adiantava conversar com ele? Havia uma irrealidade tanto nos seus argumentos quanto nos meus. Eu me tornava um editorialista antes da hora. Fiquei de pé e me aproximei da estante.

"O que está procurando, Thomas?"

"Ah, só uma passagem que costumava gostar. Pode jantar comigo, Pyle?"

"Adoraria, Thomas. Fico muito feliz que não está mais zangado. Sei que não concorda comigo, mas podemos discordar, não é mesmo, e continuar amigos?"

"Não sei. Acho que não."

"Afinal, Phuong é muito mais importante que isso tudo."

"Acredita mesmo nisso, Pyle?"

"Ora, ela é a coisa mais importante que existe. Para mim. E para você, Thomas."

"Para mim não, não mais."

"Foi um choque terrível, hoje, Thomas, mas dentro de uma semana teremos esquecido tudo, você vai ver. Também nós estamos à procura dos parentes."

"Nós?"

"Telegrafamos para Washington. Vamos conseguir permissão para usar parte de nossos fundos."

Eu o interrompi. "O Vieux Moulin? Entre nove e nove e meia?"

"Onde preferir, Thomas." Fui até a janela. O sol sumira atrás dos telhados. O condutor de riquixá continuava à espera de seu passageiro. Olhei para baixo em sua direção e ele ergueu o rosto para mim.

"Está esperando alguém, Thomas?"

"Não. É só um trecho que eu estava procurando." Para disfarçar meu gesto, li, segurando o livro contra a última luz:

Rodo pelas ruas e não dou a mínima,
As pessoas olham e perguntam quem sou;
E, se acontecer de atropelar algum velhaco,
Posso pagar pelo agravo, por pior que seja.
Como é bom ter dinheiro, viva!
Como é bom ter dinheiro. **

"É um poema estranho", disse Pyle, com uma nota de reprovação. "Era um poeta adulto no século XIX. Não houve muitos como ele." Olhei outra vez para a rua. O condutor de riquixá se fora.

"Está sem bebida?", perguntou Pyle.

"Não, mas pensei que não..."

"Acho que estou começando a fraquejar", disse Pyle. "Influência sua. Talvez esteja fazendo bem para mim, Thomas."

Apanhei a garrafa e copos — esqueci um deles na primeira viagem e depois tive de voltar para pegar água. Tudo que eu fazia nessa tarde levava um tempo enorme. Ele disse: "Sabe, minha família é maravilhosa, só que tende mais para o tipo austero. Somos donos de uma dessas casas antigas em Chestnut Street, subindo a colina, do lado direito. Minha mãe coleciona vidros e meu pai — quando não está erodindo seus velhos rochedos — junta todo manuscrito de Darwin e livro raro que é capaz. Como vê, eles vivem

---

* "I drive through the streets and I care not a damn,/ The people they stare, and they ask who I am;/ And if I should chance to run over a cad,/ I can pay for the damage if ever so bad./ So pleasant it is to have money, heigh ho!/ So pleasant it is to have money." ("Dipsychus", Arthur Hugh Clough, 1819-1861). (N. T.)

no passado. Talvez seja por isso que York me impressionou tanto. De certo modo, parecia alguém aberto à condição moderna. Meu pai é um isolacionista".

"Acho que eu iria gostar de seu pai", disse. "Eu também sou um isolacionista."

Para um homem tranquilo, Pyle estava com uma disposição faladora, nessa noite. Não ouvi tudo que dizia, pois tinha a cabeça em outro lugar. Tentei convencer a mim mesmo de que o senhor Heng dispunha de outros meios além do mais óbvio e brutal. Porém, em uma guerra como essa, eu sabia que não havia tempo para hesitações: cada um usa a arma que tem à mão — os franceses, napalm, o senhor Heng, uma bala ou a faca. Disse a mim mesmo, tarde demais, que não iria bancar o juiz — deixaria Pyle falar por algum tempo para depois adverti-lo. Podia passar a noite em minha casa. Dificilmente a invadiriam. Acho que falava da velha ama-seca que tivera — "Sem dúvida, significava mais para mim do que minha mãe, e que tortas de amora ela fazia!" — quando o interrompi: "Você costuma carregar uma arma, agora… desde aquela noite?".

"Não. Temos certas normas, na Legação…"

"Mas você não tem atribuições especiais?"

"De nada adiantaria… Se quisessem me pegar, sempre poderiam. Seja como for, sou cego como um morcego. Na faculdade, era assim que me chamavam — porque podia enxergar no escuro tanto quanto eles. Uma vez, a gente estava sem fazer nada…" Começou a divagar novamente. Voltei à janela.

Um condutor de riquixá aguardava do outro lado. Não sabia ao certo — eram muito parecidos, mas achei que aquele fosse um outro. Talvez tivesse um cliente, de fato. Ocorreu-me que o lugar mais seguro para Pyle seria a Legação. Deviam ter deixado seus planos, desde meu sinal, para mais tarde nessa noite; alguma coisa envolvendo a ponte de Dakow. Não conseguia entender como nem por quê; sem dúvida, ele não seria tão idiota a ponto de passar por

Dakow após o pôr do sol, e nosso lado da ponte ficava sob proteção constante da polícia armada.

"Só eu estou falando", disse Pyle. "Não sei como aconteceu, mas, de algum modo, esta noite…"

"Continue", eu disse, "estou sem vontade de falar, só isso. Talvez fosse melhor se cancelássemos o jantar."

"Não, não faça isso. Sinto que perdemos o contato desde… sabe…"

"Desde que salvou minha vida", eu disse, e não pude disfarçar a amargura de minha ferida autoinfligida.

"Não, não me referia a isso. Mesmo assim, como conversamos aquela noite, não foi? Como se fosse a última. Aprendi um bocado sobre você, Thomas. Posso não concordar com suas opiniões, mas, sabe, talvez no seu caso o certo seja… não se envolver. Você se manteve firme, mesmo depois de ter a perna esmagada, continuou neutro."

"Sempre há um ponto de mudança", eu falei. "Algum momento de emoção…"

"Você ainda não o atingiu. Duvido que algum dia o faça. E também não é provável que eu mude — a não ser com a morte", acrescentou, jovial.

"Nem mesmo com o que viu hoje de manhã? Aquilo não pode mudar a opinião de um homem?"

"Aquelas pessoas nada mais foram que baixas de guerra", ele disse. "Foi uma pena, mas nem sempre dá para atingir o alvo. Seja como for, morreram pela causa justa."

"Diria o mesmo se fosse com sua velha ama-seca e a torta de amora?"

Ignorou meu argumento rasteiro. "De certo modo, pode-se dizer que morreram pela democracia", ele disse.

"Eu não saberia como traduzir isso para o vietnamita." De repente, senti um cansaço enorme. Queria que fosse logo embora e morresse. Então eu poderia retomar minha vida — do ponto em que ele apareceu.

"Nunca vai me levar a sério, vai, Thomas?", queixou-se, com aquela alegria juvenil que parecia vir guardando na manga justo para essa noite. "Olhe, escute — Phuong foi ao cinema —, que tal se você e eu passássemos a noite toda juntos? Não tenho nada para fazer, agora." Era como se alguém de fora estivesse dirigindo sua escolha de palavras de modo a me privar de qualquer evasiva possível. Continuou. "Por que não damos um pulo no Chalet? Não vou lá desde aquela noite. A comida é tão boa quanto a do Vieux Moulin, e tem música."

Eu disse: "Prefiro não lembrar daquela noite".

"Desculpe. Como posso ser tão burro, Thomas… Que tal uma comida chinesa no Cholon?"

"Para conseguir um bom prato é preciso reservar antes. Está com medo de ir ao Vieux Moulin, Pyle? É bem cercado e sempre tem policiais na ponte. E você não seria tão estúpido a ponto de passar por Dakow, não é?"

"Não é isso. É que achei que seria mais divertido dar uma esticada na noite."

Fez um movimento e derrubou o copo, que caiu no chão e se partiu. "Boa sorte", disse, mecanicamente. "Desculpe, Thomas." Comecei a juntar os cacos e a pôr no cinzeiro. "O que acha, Thomas?" O vidro quebrado me lembrou as garrafas do Pavillon pingando seus conteúdos. "Avisei Phuong que poderia sair com você." Que péssima escolha, a desta palavra: "avisei". Apanhei o último caco de vidro. "Tenho um compromisso no Majestic", eu falei, "e não estarei livre antes das nove."

"Bom, acho que terei de voltar para o escritório. Meu único medo é de ficar preso."

Que mal havia em dar a ele ao menos uma chance? "Se você se atrasar, não se preocupe", eu disse. "E, se ficar preso lá, apareça aqui mais tarde. Estarei de volta às dez, se não der para jantar, e espero por você."

"Eu aviso…"

"Não precisa. Apenas apareça no Vieux Moulin — ou me encontre aqui." Devolvi a decisão às mãos daquele Alguém em quem eu não acreditava: Você pode intervir, se Você quiser — um telegrama sobre a mesa, uma mensagem do ministro. Você não pode existir a menos que tenha o poder de alterar o futuro. "Agora vá, Pyle. Tenho umas coisas para fazer." Me senti estranhamente esgotado, ouvindo-o ir embora, e o som das patas de seu cão.

III

Quando saí, não encontrei nenhum condutor de riquixá antes da rue d'Ormay. Fui caminhando até o Majestic e parei algum tempo para observar os bombardeiros americanos sendo desembarcados. Não havia mais sol e trabalhavam à luz de lâmpadas de arco. Nem me passara pela cabeça arranjar um álibi, mas eu havia dito a Pyle que iria ao Majestic e sentia um desagrado irracional em contar mais mentiras do que o necessário.

"Boa noite, Fowler." Era Wilkins.

"Boa noite."

"Como vai a perna?"

"Sem problemas, agora."

"Mandou uma boa matéria?"

"Deixei com Dominguez."

"Ah, me contaram que você estava lá."

"É, estava. Mas o espaço anda regulado hoje em dia. Não querem grande coisa."

"A comida perdeu o tempero, não é?", disse Wilkins. "A gente devia ter vivido na época de Russell e do velho *Times*. Notícias despachadas por balão. Dava para escrever com estilo, naqueles dias. Puxa, ele criava sua coluna até com *isto*. O hotel luxuoso, os bombardeiros, a noite caindo. A noite nunca cai hoje em dia, não é?, a tantas piastras por palavra." Vindo de longe pelo céu podia-se escutar fracamente o som de risadas; alguém quebrava um copo, como Pyle fizera. O som caía sobre nós como um orvalho gelado. "'As luzes brilharam sobre belas mulheres e bravos homens'",* citou Wilkins, malévolo. "Vai fazer alguma coisa esta noite, Fowler? Que tal jantar em algum lugar?"

"Vou no de sempre. O Vieux Moulin."

"Bons ventos. Granger vai estar lá. Deviam pôr uma placa anunciando noites de Granger especiais. Para quem aprecia ruído de fundo."

Dei-lhe boa noite e entrei no cinema ali em frente — Errol Flynn, ou talvez fosse Tyrone Power (não consigo distingui-los de meia-calça), balançando em cordas, pulando de balcões, cavalgando em pelo ao crepúsculo tecnicolor. Ele resgatava uma garota, matava seu inimigo e levava uma vida fascinante. Era o que chamavam de filme para rapazes, mas a visão de Édipo emergindo do palácio de Tebas com as órbitas sangrando sem dúvida significaria uma preparação melhor para a vida atual. Nenhuma vida é fascinante. A sorte acompanhara Pyle em Phat Diem e na estrada para Tanyin, mas a sorte não dura, e a plateia tinha duas horas para perceber que nenhum fascínio funcionava. Um soldado francês sentou ao meu lado com a mão no colo de uma garota e invejei a simplicidade de sua felicidade ou miséria, qualquer que fosse o caso. Saí antes do final do filme e tomei um riquixá para o Vieux Moulin.

O restaurante estava protegido com alambrado e dois policiais armados montavam guarda no fim da ponte. O *patron*, que engor-

---

* "The lamps shone o'er fair women and brave men" ("The Eve of Waterloo", Lord Byron, 1788-1824). O poema narra em tom ominoso os festejos franceses na cidade belga na véspera da grande derrota. (N. T.)

dava cada vez mais, vítima de sua própria saborosíssima cozinha burgúndia, abriu pessoalmente passagem para mim no alambrado. O lugar cheirava a capão e manteiga derretida sob o pesado calor de entardecer.

"Veio se juntar à festa de monsieur Granjair?", perguntou.

"Não."

"Mesa para um?" Foi então, pela primeira vez, que pensei no futuro e nas perguntas que teria de responder. "Só um", eu disse, e foi quase como se dissesse em voz alta que Pyle estava morto.

Havia um único ambiente e a festa de Granger ocupava uma grande mesa no fundo; o *patron* me conduziu a uma pequena, mais perto do alambrado. As janelas não tinham vidraças, por medo de vidro estilhaçado. Reconheci algumas pessoas que Granger convidara e fiz uma mesura antes de sentar; já Granger olhou para o outro lado. Fazia meses que não o via — apenas uma vez desde a noite em que Pyle se apaixonou. Talvez alguma observação ofensiva feita por mim na ocasião houvesse penetrado em sua bruma alcoólica, pois continuou sentado carrancudo à cabeceira da mesa enquanto madame Desprez, esposa de um relações-públicas, e o capitão Duparc, da assessoria de imprensa, acenaram de volta. Com eles estava um grandalhão, acho que um *hôtelier* de Pnom Penh, e uma garota francesa que eu nunca vira antes, além de dois ou três outros rostos que eu só notara em bares. Parecia, ao menos dessa vez, uma festa tranquila.

Pedi um pastis, pois queria dar a Pyle tempo para chegar — planos dão errado e na medida em que não comecei a jantar foi como se ainda tivesse tempo para ter esperança. E então me perguntei: esperança de quê? Boa sorte para os oss, ou fosse lá como sua gangue era chamada? Vida longa às bombas plásticas e ao general Thé? Ou será que eu — logo eu! — esperava algum tipo de milagre: um método de argumentação arranjado pelo senhor Heng que não fosse simplesmente a morte. Teria sido tão mais fácil se nós dois tivéssemos morrido na estrada de Tanyin. Fiquei vinte minutos diante de meu pastis e depois pedi a comida. Eram quase nove e meia: ele não viria mais.

Contra a vontade, estiquei os ouvidos: esperando ouvir o quê? Um grito? Um tiro? Uma movimentação da polícia lá fora? Mas em todo caso não daria para ouvir coisa alguma, pois a festa de Granger começava a esquentar. O *hôtelier*, com sua agradável voz de amador, começou a cantar e, quando uma nova rolha de champanhe pipocou, mais gente se juntou a ele, menos Granger. Continuava ali com o olhar inflamado, encarando-me através do restaurante. Perguntei-me se haveria uma briga; eu não era páreo para Granger.

Cantavam uma canção sentimental e, acomodado sem a menor fome diante de meu arremedo de *Chapon duc Charles*, pensei, acho que pela primeira vez desde que soubera que estava a salvo, em Phuong. Lembrei-me do modo como Pyle dissera, sentado no chão à espera dos viets, que ela era "como uma flor", e de minha resposta leviana, "pobre flor". Não iria mais conhecer a Nova Inglaterra, agora, ou aprender os segredos da canastra. Talvez jamais viesse a saber o que era segurança; que direito tinha eu de dar menos valor a ela do que aos corpos mortos na praça? O sofrimento não aumenta com o número: um corpo pode conter todo o sofrimento que o mundo é capaz de sentir. Eu julgara como um jornalista, em termos de quantidade, e traíra meus próprios princípios; eu me tornara tão *engagé* quanto Pyle e me parecia que nenhuma decisão jamais seria simples outra vez. Olhei o relógio e vi que eram quase quinze para as dez. Talvez, afinal, houvesse ficado preso; talvez aquele "alguém" em quem ele acreditava tivesse agido em seu favor e Pyle estivesse sentado em sua sala na Legação, queimando as pestanas diante de um telegrama a ser decodificado, e em breve eu ouviria seus passos subindo a escada até meu quarto na rue Catinat. Pensei: "Se ele for, vou lhe contar tudo".

De repente, Granger se ergueu da mesa e veio em minha direção. Nem mesmo percebeu a cadeira em seu caminho, tropeçou e apoiou a mão na beirada de minha mesa. "Fowler", disse, "vamos lá fora." Deixei notas suficientes e o segui. Não estava com a menor disposição de brigar com ele, mas, naquele momento, não teria me importado de levar socos até ficar sem sentidos. Dispomos de tão poucas maneiras de amenizar a sensação de culpa.

Curvou-se sobre o parapeito da ponte e os dois policiais o observaram de longe. Ele disse: "Tinha de conversar com você, Fowler".

Guardei uma distância segura e esperei. Ele não se moveu. Era como uma estátua emblemática de tudo que eu acreditava odiar na América — tão mal projetado e sem sentido quanto a Estátua da Liberdade. Disse, sem se mexer: "Você acha que estou puto. Nada disso".

"Qual o problema, Granger?"

"Tinha de falar com você, Fowler. Não quero ficar lá dentro sentado com aqueles sapos franceses esta noite. Não vou com sua cara, Fowler, mas pelo menos fala inglês. Um tipo de inglês." Inclinava-se lá, corpulento e informe à meia-luz, um continente inexplorado.

"O que quer, Granger?"

"Não gosto de janotas ingleses", disse Granger. "Não sei onde Pyle encontra estômago para aturar vocês. Quem sabe porque é de Boston. Eu sou de Pittsburgh, com muito orgulho."

"Claro, por que não teria?"

"Aí vem você outra vez." Fez uma fraca tentativa de imitar meu sotaque. "Vocês têm voz de veado. Se sentem superiores pra caralho. Acham que sabem tudo."

"Até mais, Granger. Tenho um compromisso."

"Não vá, Fowler. Não tem coração? Não posso conversar com aqueles franceses de merda."

"Você está de fogo."

"Só bebi duas taças de champanhe, você não ficaria bêbado se estivesse no meu lugar? Tenho de partir para o norte."

"Qual o problema nisso?"

"Ah, não contei a você, não é? Continuo a achar que todo mundo sabe. Recebi um telegrama da minha mulher, hoje de manhã."

"E?"

"Meu filho tem pólio. Está mal."

"Lamento."

"Não lamente. Não é seu menino."

"Não pode pegar um avião de volta?"

"Não posso. Querem uma matéria sobre a droga de umas operações de limpeza perto de Hanói e Connolly está doente." (Connolly era seu assistente.)

"Olhe, Granger. Se pudesse, eu ajudaria."

"Hoje é o aniversário dele. Completa oito anos às dez e meia, pelo nosso horário. Eu nem me toquei, mas foi por isso que dei uma festinha com champanhe. Tinha de contar para alguém, Fowler, e não consigo conversar com aqueles merdas."

"Tem muito tratamento para a pólio, hoje em dia."

"Não ligo se ficar aleijado, Fowler. Não, se viver. Eu, se ficasse aleijado, não ia prestar para nada, mas aquele moleque tem cabeça. Sabe o que eu estava fazendo lá dentro enquanto aquele filho da puta cantava? Rezando. Pensei que, se Deus quisesse tirar uma vida, podia tirar a minha."

"Acredita em um Deus, então?"

"Quem dera", disse Granger. Passou a mão no rosto, como se estivesse com dor de cabeça, mas o gesto foi para disfarçar o fato de que limpava as lágrimas.

"Eu enchia a cara, se fosse você."

"Ah, não, preciso ficar sóbrio. Não quero pensar depois que estava caindo de bêbado na noite em que meu moleque morreu. Minha mulher não pode beber, não é mesmo?"

"Pode contar a seu jornal…"

"Connolly não está doente de verdade. Viajou para dar uma trepada em Cingapura. Preciso cobrir a dele. Se souberem, é o olho da rua." Aprumou a massa do corpo informe. "Desculpe alugar você, Fowler. Tinha de conversar com alguém. Melhor voltar lá dentro e começar a brindar. É gozado que tenha sido justo você, que não vai com a minha cara."

"Faço a reportagem em seu lugar. Posso fingir que foi Connolly."

"Não vai conseguir achar o tom certo."

"Não tenho nada contra você, Granger. Andei sem enxergar um monte de coisas…"

"Ah, eu e você, somos cão e gato. Mas obrigado pelo ombro."

Será que eu era assim tão diferente de Pyle? Também eu precisava atolar o pé na confusão da vida antes de perceber a dor? Granger entrou e pude ouvir as vozes se elevando para recebê-lo. Consegui um riquixá e voltei para casa. Não havia ninguém lá, então me sentei e esperei até a meia-noite. Depois desci para a rua, sem esperança, e encontrei Phuong.

CAPÍTULO 3

"Monsieur Vigot esteve aqui para falar com você?", perguntou
Phuong.

"Esteve. Foi embora faz quinze minutos. O filme era bom?"
Ela já levara a bandeja para a cama e agora acendia a lamparina.

"Muito triste", disse, "mas as cores eram lindas. O que monsieur Vigot queria?"

"Fazer umas perguntas."

"Sobre o quê?"

"Nada importante. Acho que não voltará a me procurar."

"Os filmes que eu mais gosto são com final feliz", disse Phuong.
"Está pronto para fumar?"

"Estou." Deitei na cama e Phuong começou a trabalhar com a
agulha. Ela disse: "Eles cortam a cabeça da garota".

"Que coisa esquisita de se fazer."

"Era a Revolução Francesa."

"Ah. Filme histórico. Sei."

"Mesmo assim foi muito triste."

"Não consigo me preocupar muito com as pessoas, na história."

"E o namorado dela... ele volta para seu quartinho no sótão...
e era muito pobre e escreveu uma canção... sabe, ele era poeta, e

daí todo mundo que tinha cortado a cabeça da garota estava cantando a canção. Era a Marselhesa."

"Não parece muito histórico", eu disse.

"Ele ficou lá num canto vendo a multidão cantar e parecia muito aflito e quando sorriu você podia perceber que estava ainda mais aflito e que pensava nela. Chorei muito e minha irmã também."

"Sua irmã? Não dá pra acreditar."

"É muito sensível. Aquele homem horrível, Granger, estava lá. Estava bêbado e não parava de rir. Mas não tinha graça nenhuma. Era triste."

"Não o culpo", eu disse. "Tem o que festejar. O filho dele está fora de perigo. Ouvi dizer hoje no Continental. Também gosto de finais felizes."

Depois que fumei dois cachimbos, recostei o pescoço no travesseiro de couro e pousei a mão no colo de Phuong. "Você está feliz?"

"Claro", ela disse, indiferente. Eu não merecia maior consideração na resposta.

"Está tudo como costumava ser", menti, "há um ano."

"É."

"Faz tempo que você não compra um lenço. Por que não vai fazer compras amanhã?"

"É dia de festividade."

"Ah, claro, claro. Esqueci."

"Não abriu seu telegrama", disse Phuong.

"Não, esqueci isso também. Não quero pensar em trabalho hoje à noite. E está muito tarde para escrever o que quer que seja, agora. Conte-me mais sobre o filme."

"Bom, o namorado tentou tirá-la da prisão. Ele se disfarçou com roupas de menino e uma capa, como a que o carrasco usava, mas bem na hora em que ela passava no portão, o cabelo dela caiu inteiro e gritaram 'une aristocrate, une aristocrate'. Acho que foi um erro do filme. Tinham que ter deixado ela escapar. Então os dois podiam ter ganhado um monte de dinheiro com a canção e viajado para a América... ou a Inglaterra", acrescentou, com o que julgou ser esperteza.

"Melhor ler o telegrama", eu falei. "Deus queira que não tenha de ir para o norte amanhã. Quero ficar tranquilo aqui com você."

Ela apanhou o envelope entre os potes de creme e o passou para mim. Abri e li: "Pensei sua carta outra vez ponto ajo irracionalmente como esperava ponto pedi advogado iniciar processo divórcio baseado abandono ponto Deus abençoe com afeto Helen".

"Precisa ir?"

"Não", eu disse, "não preciso. Vou ler para você. Aqui está seu final feliz."

Pulou da cama. "Mas é maravilhoso. Tenho que contar para minha irmã. Ela vai ficar muito feliz. Vou dizer: 'Sabe quem sou? A segunda senhora Fowlair'."

Diante de mim, na estante, *O papel do Ocidente* se sobressaía como um porta-retratos de escritório — a imagem de um jovem com cabelo escovinha e um cão preto junto aos calcanhares. Já não podia fazer mal a ninguém. Disse a Phuong: "Sente muita falta dele?".

"Quem?"

"Pyle." Estranho como, até agora, mesmo com ela, era impossível usar o primeiro nome dele.

"Posso ir, por favor? Minha irmã vai ficar muito feliz."

"Você falou o nome dele uma vez, dormindo."

"Nunca lembro dos meus sonhos."

"Quanta coisa vocês poderiam ter feito juntos. Ele era jovem."

"Você não é velho."

"Os arranha-céus. O Empire State Building."

Ela disse, hesitando um pouco: "Quero conhecer Cheddar Gorge".

"Não é nenhum Grand Canyon." Puxei-a para a cama. "Me desculpe, Phuong."

"Desculpar pelo quê? É um telegrama maravilhoso. Minha irmã…"

"Certo, vá contar a sua irmã. Mas primeiro me dê um beijo." Sua boca empolgada deslizou pelo meu rosto e lá se foi.

Pensei naquele primeiro dia, Pyle sentado a meu lado no Continental, o olhar fixo na lanchonete do outro lado da rua. Tudo dera certo para mim desde sua morte, mas como eu desejava que existisse alguém a quem pudesse dizer me desculpe.

Março, 1952 — Junho, 1955

ESTE LIVRO, COMPOSTO NA FONTE FAIRFIELD,
FOI IMPRESSO EM PAPEL PÓLEN SOFT 70 G/M, NA GRÁFICA IMPRENSA DA FÉ,
SÃO PAULO, BRASIL, MAIO DE 2016